청소년을 위한 2인극

성경이야기

청소년을 위한 2인극

성경이야기

지은이 **스티븐 제임스** | 번안 **송옥**

도서출판 **동인**

머리말

   이 책은 스티븐 제임스(Steven James)의 *24 Tandem Bible Storyscripts* 와 *24 Tandem Bible Hero Stroyscripts*, 모두 48편의 성경이야기 가운데 40 편을 추려 번안한 것이다. 미국 청소년의 전도를 위해 쓴 원서의 분위기 를 본 번안자는 한국 정서에 맞게 변형하여 우리 한국 청소년의 전도를 위해 옮겨 썼다.

   책이 꾸며진 이야기의 전달 방식은 두 사람이 대화하는 2인극 형식 으로 되어있다. 물론 연출지도에 따라 2인 이상의 참여도 가능하다. 참 여 학생들 나름의 창의성을 발휘하여 무대스타일의 다양한 변형을 기 대해본다. 그런 점에서, 주어진 대본의 뼈대를 틀로 삼아 다양한 변화 를 추구하는 학생들의 재창조적 자세는 오히려 바람직하다. 적극적인 무대작업이 가져다줄 결실과 시도의 묘미는 참여하는 학생들 몫이다. 전도를 목적으로 한 이 책이 모쪼록 어린이/청소년들의 기독교생활교 육에 도움이 되기를 기도한다.

특별히 감사해야 할 분들이 있다. 우선, 한국 소년소녀들의 전도에 기여할 수 있기를 바란다며 흔쾌히 번안을 허락해준 저자 스티븐 제임스의 격려에 감사한다. 그리고 박혜숙, 박용순 자매의 도움 없이는 이 작업을 처음부터 시도하지 못했을 것이다. 성경의 구석구석을 비교 검토하여 꼼꼼히 살펴준 두 분의 인내와 노고는 큰 버팀목이었다. 우리말에 젊은 입김을 넣어준 역삼중학교의 영어성경반(EBS) 학생들과 이들을 지도하시는 서성희 선생님의 도움 또한 컸음을 밝힌다. 2010년 본 번안자의 은퇴 후 지금까지 출간한 네 권의 책표지를 마다치 않고 기꺼이 맡아주신 이영순 선생님의 관대하심에 절로 머리가 숙여진다. 끝으로, 출판사의 어려운 환경 가운데서도 이 책이 빛을 볼 수 있게 선선히 응해주신 이성모 사장님께 늘 감사한 마음이다.

2016년 12월

송 옥

싣는 순서

1

창조주 하나님: 세상 최초의 예술가

근거   창세기 1-2장

배경   하나님이 우주 만물을 창조하시고 인간을 그의 형상으로 지으셨
다. 이 땅이 언제 형성되었는지 기독교인들도 구체적인 시기에는
이견이 있었지만 하나님이 우주의 창조자라는 사실에는 모두 동
의한다. 창세기는 이 세상 최초의 예술가이신 하나님의 사랑과
그의 창의성을 알려주는 책이다. 하나님은 인간에게 세상적인 복
이 아니라 신령한 하늘의 복을 주시려고 이 세상을 창조하셨다.

> • 형식: 2인극
> • 화자: 봉희, 봉수
> * 등장인물 이름은 연극에 참여하는 학생들이 임의로 달리 정해도
>   되고, 참여자의 수도 원하는 만큼 늘려서 꾸밀 수 있다.

(첫째 날)

봉희　이 세상이 만들어지기 전 아주아주 오래 전에—

봉수　아무것도 없던 때에—

봉희　하나님이 계셨습니다.

봉수　하나님은 세상을 창조할 결심을 하셨지요!

봉희　하나님이 세상을 창조하시기 전에 이 땅은 형체 없는 진흙
　　　덩어리처럼

봉수　거칠고 공허하고 혼돈스러운 하찮은 것이었습니다.

봉희　세상을 만들기 전에, 첫날 하나님이 말씀하시기를 . . .

봉수　(*손전등을 꺼내면서*) 빛이 있으라!

봉희　하나님은 손전등을 사용하지 않으셨어.

봉수　왜 아니지?

봉희　그냥 입으로만 말씀하시면 됐거든. "빛이 있으라!" 그 말씀만
　　　하시면 되셨던 거야. 그러고는 "좋구나! 좋아! 빛이 좋구나.
　　　내 뜻대로 되었구나" 그러셨지. 너도 따라 해볼래?

봉수　"좋구나! 좋아! 빛이 좋구나! 내 뜻대로 되었구나."

봉희   그러고는 하나님은 빛을 가리켜 . . .

봉수   로켓 배터리라 하셨습니다.

봉희   아니야. 하나님은 빛을 "낮"이라 하고 어둠을 "밤"이라고
       하셨어. 빛과 어둠을 날이라 하시고—

봉수   "좋구나, 좋아. 날이 좋구나. 내 뜻대로 되었구나." 좋구나.
       좋아. 손전등이 좋구나. 내 뜻대로 되었구나.

(둘째 날)

봉희   둘째 날, 하나님께서는 물을 어느 만큼은 올려놓고 또 어
       느 만큼은 내려놓고 그 가운데 공간을 "하늘"이라고 하셨
       습니다.

봉수   좋구나, 좋아. 하늘이 좋구나. 내 뜻대로 되었구나.

(셋째 날)

봉희   셋째 날, 하나님이 말씀하시기를, "바다를 좀 보고 싶다" 하
       시고는 여러 군데 분산된 물을 모두 모아서 바다를 만드시
       고 강과 대양을 만드셨습니다.

봉수   호수도 물구덩이도 만드셨지.

봉희   그래. 맞아.

봉수   시냇물도, 연못도 만드시고?

봉희   그러셨지.

봉수   물결도 파도도?

봉희   그렇다고 봐야지.

봉수	그럼 파도타기 널판도?
봉희	파도타기 널판은 만들지 않으셨어. 그렇지만 꽃과 나무들과 별들을 만드셨지.
봉수	"좋구나, 좋아. 꽃도 좋고 나무도 좋고 별도 좋구나. 모두가 내 뜻대로 되었구나."

(넷째 날)

봉희	넷째 날, 하나님은 해와 달과 하늘 위성들을 만드시고 달은 밤에 빛을 내고 해는 낮에 빛을 내게 하셨습니다.
봉수	봉희야, 거기 문제가 있다. 하나님이 해를 만드신 게 셋째 날이라면, 껌껌한 첫날 어떻게 낮과 밤이 생길 수 있는 거지?
봉희	그때는 빛과 어둠이 이미 존재했던 사실을 생각해봐. 하나님은 낮이 어떤 것인지 알고 계셨지만, 아직 해와 달을 담아 놓지 않으셨을 뿐이야.
봉수	그게 어떻게 가능했을까?
봉희	하나님이시니까.
봉수	좋구나, 좋아. 하나님이 좋구나.

(다섯째 날)

봉희	다섯째 날, 하나님은 물고기, 돌고래 그리고 새를 만드셨습니다.
봉수	인어공주도 만드셨지요.
봉희	인어공주는 만들지 않으셨고, 거북이와 새들을 만드셨습니다.

봉수	깍. 깍. "좋구나, 좋아. 새들이 좋구나. 내 뜻대로 되었구나."
	좋구나, 좋아. 인어공주도 좋구나.
봉희	인어공주는 아니라니까.
봉수	히히히

(여섯째 날)

봉희	여섯째 날, 하나님은 소 말 돼지를 만드셨습니다.
봉수	스파이더맨도 만드셨습니다.
봉희	그런 건 없었어!
봉수	슈퍼맨도 없었어?
봉희	봉수야! 장난 그만하고 내 말을 들어봐.
봉수	오케이.
봉희	그리고 땅과 동물과 사람을 만드셨습니다.
봉수	"좋구나, 좋아. 동물이 좋구나. 내 뜻대로 되었구나."
봉희	"좋구나, 좋아. 사람이 좋구나. 내 뜻대로 되었구나."
봉수	좋다, 좋아. 사람도 좋고 슈퍼맨도 좋고.

(일곱째 날)

봉희	마지막 일곱째 날에 . . .
봉수	하나님은 쿨쿨 주무셨습니다.
봉희	그 비슷한 셈이지요.
봉수	정말 주무셨어?
봉희	그날은 쉬셨으니까.

봉수	낮잠을 주무셨구나.
봉희	글쎄.
봉수	많이 피곤하셨나보다.
봉희	하나님은 피곤해 하지 않으셔.
봉수	그럼 왜 주무셨어?
봉희	주무신 게 아니라, 그날은 그동안 만드신 작품들을 감상하려고 쉬신 거지. 그리고 이 날을 특별한 날로 정하셨어.
봉수	그렇지. 학교도 쉬니까.
봉희	꼭 그런 것은 아니고, 일을 멈추고 쉬면서 새 힘을 얻는 기쁜 날로 정하셨어.
봉수	학교도 쉬고. 좋구나, 좋아. 노는 날이 좋구나.
봉희	그래서 화가처럼 하나님은 처음에는 빛이 충분한지 확인하시고 캔버스를 준비하신 겁니다.
봉수	하늘과 물을 갈라놓으시면서?
봉희	그래요. 마른 땅과 바다를 만드시면서 색깔을 칠하셨지요.
봉수	나무와 풀을 만드시면서?
봉희	그렇지요. 그리고 하늘을 빛으로 채우시고. 작품이 멋지게 보이도록 별과 달과 해를 배경에 넣으셨습니다.
봉수	세밀한 것까지 그리셨구나!
봉희	캔버스를 최고의 작품으로 채워놓으셨으니까.
봉수	인어공주와 스파이더맨도.
봉희	그건 아니고. 하나님은 마지막 손질을 하시고 한발 물러서서 감상하신 겁니다.

봉수　　잘못된 부분을 수정하시면서.

봉희　　아니, 하나님은 처음부터 완벽한 예술가여서 그럴 필요가 없었어.

봉수　　난 하나님을 예술가라고 생각해본 적이 없는데―

봉희　　성경에는 하나님이 여러 번 자신을 가리켜 창조자, 조물주로 묘사하시고 인간을 그의 형상으로 빚었노라고 하셨어.

봉수　　봉희야, 우리가 정말 하나님 형상 그대로라면 고치고 또 고치고, 안 되면 찢어버리는 인간의 창작 작업은 하나님을 닮은 게 아니잖아. 그건 틀린 거잖아.

봉희　　그건 하나님은 완벽하시니깐. 완벽한 하나님과 우리는 물론 다르지.

봉수　　그러면 왜 하나님 형상대로 라고 하신 건데?

봉희　　봉수야, 너 너무 따진다고 생각하지 않니? 하나님이 사람을 하나님 형상대로 지으셨다고 하신 말씀 그대로 믿으면 안 되겠니?

봉수　　우리 사람만 하나님 형상이라고?

봉희　　그래, 사람만. 개는 개 형상으로, 호랑이는 호랑이 형상으로 만드셨지만, 사람은 사람 형상으로 만들지 않으시고 하나님의 형상으로 만드신 거야.

봉수　　우리도 그럼 예술가란 말이야?

봉희　　그렇지. 어떤 사람은 음악가, 어떤 사람은 작가, 어떤 사람은 박지성처럼 축구선수, 어떤 이는 샤넬 같은 의상 디자이너, 누구는 배우, 누구는 가수, 누구는 무용수 . . . 어쨌든 사람은 하나님의 영역인 상상력이라고 하는 엄청난 힘을 갖고 있다는 얘기지.

봉수 하나님의 재주를 말이지!

봉희 그렇지. 너 그거 아니? 하나님은 최초의 의상 디자이너이기도 한 사실?

봉수 정말?

봉희 하나님의 첫 의상 소재는 가죽이었단다. 아담과 하와에게 가죽옷을 해 입히셨거든.

봉수 멋지다! 야, 나도 가죽잠바 하나 해 입고 싶다.

봉희 하나님은 손수 지으신 모든 세계를 보고 말씀하시기를 . . .

봉수 "좋구나, 좋아. 내 세상이 좋구나. 내 뜻대로 되었구나."

함께 이상입니다.

2

세상에 처음 죄가 생긴 날

근거 창세기 3장

배경 아담과 하와는 하나님을 불순종하여 이로 인하여 죄가 세상에 들어왔다. 그럼에도 하나님은 이들에게 온정과 은혜를 계속 보여주셨다. 때때로 아담과 하와의 이야기를 읽으면서 우리는 하나님이 새롭게 창조한 인간을 대하는 방법이 온당치 않다는 생각이 들 때가 있다. 왜 나무 한 그루를 창조해 놓으시고 인간의 죽음을 맞게 하였을까? 왜 하나님은 사람들의 "작은 실수"를 그냥 넘어가 주지 않으셨나? 이 대본은 이런 질문을 던진다. 이에 대한 대답으로 하나님은 그의 자녀들을 계속 정의, 자비, 사랑, 온정으로 다스리심을 증명한다.

봉희　　(*관객에게*) 오늘은 아주 흥미진진한 이야기를 들려드리겠습니다.

봉수　　아담과

봉희　　그리고 하와에 관한

봉수　　옛날 옛적 이들이 행한 결정적 선택에 관한 이야기입니다.

봉희　　이들이 에덴동산에 있을 때 뱀이라는―

봉수　　(*쉬이 쉬이 뱀소리를 낸다.*) 가장 교활하고 약아빠진 창조물이 에덴동산에 있었습니다.

봉희　　어느 날 그 간교한 뱀이 동산 한 가운데 있는 나무 위로 올라갔어요. 이 나무는 하나님이 아담과 하와에게 그 열매를 먹지 못하게 금지시킨 나무입니다.

봉수　　뱀이 말했어요. "하와야, 하나님이 널보고 정말로 이 동산에서 무엇이든지 따먹으면 안 된다고 하셨니?"

봉희　　하와가 대답했어요. "물론 그건 아니지! 선악나무 하나만 빼고 다 먹어도 된다고 하셨지. 선악나무 열매만 먹으면 안 된다고 하셨어."

봉수　　뱀이 말했어요. "그런데 하나님이 말하기를 그 나무 가까이 근처에도 가면 안 된다고 하셨니?"

봉희	"으—음— 그렇지는 않아."
봉수	"혹시 냄새도 맡으면 안 된다고 하셨니?"
봉희	"냄새? 응 냄새야 맡아도 되지. 우리가 원하면 냄새는 맡아도 될 거야. 그렇지만 먹으면 안 되는 걸로 되어 있어. 만지는 것도 금지야. 먹거나 만지면 죽을지 모른다고 했어."
봉수	(*이야기를 들려주는 자로, 봉희에게*) 봉희야, 하나님이 정말로 그렇게 말하셨어?
봉희	아니지. 하나님의 법은 그 열매를 먹으면 죽을지도 모르는 게 아니라, 반드시 죽는다고 하셨지.
봉수	그런데 하와는 왜 만져도 안 된다는 말을 한 거야?
봉희	하와가 자기 말을 덧붙인 거지. 그게 그 여자의 첫 번째 잘못이 아니겠니?
봉수	첫 실수는 뱀의 말을 들은 것이라고 난 생각하는데 . . . 내 말은 그게 뱀이 제공한 첫 함정이 아니었을까?
봉희	봉수야, 우리 이야기로 다시 돌아가자.
봉수	(*유혹하는 소리로*) "너는 죽지 않아! 그 대신 하나님 같이 되는 거야. 뭐가 좋은 것이고 뭐가 나쁜 것이지 구별하는 능력을 갖게 된단 말이야."
봉희	하와는 나무를 쳐다보았습니다.
봉수	하와는 뱀이 하는 말을 경청했습니다.
봉희	하와는 손을 뻗어서—
봉수	잠깐!
봉희	왜 그래?

봉수	하와가 지금 무슨 짓을 하고 있는 거야?
봉희	열매를 따먹으려는 참이지!
봉수	왜?
봉희	먹어도 된다고 뱀이 확신시켜주었거든. 나무에 달린 열매도 보기에 싱싱하고 먹음직스럽고 또 먹으면 더 영리해진다는 것도 알았으니까.
봉수	그렇지만 하나님이 하와에게 먹지 말라고 금지시키셨잖아!
봉희	그게 말인데—
봉수	아담은 어떻게 하고? 뱀하고 얘기하는 동안 아담은 어디 있었어?
봉희	그 여자 바로 옆에 서 있었지.
봉수	뭐라고? 아담은 왜 막지 않았어? 왜 먹으면 안 된다고 스톱시키지 않은 거야? 뱀이 하는 소리를 아담이 듣기는 다 들은 거야?
봉희	아담도 먹는 게 좋겠다는 확신을 가진 거지.
봉수	그렇지만— 그렇지만— 어떻게 그럴 수가? 봉희야, 너 확실히 알고 하는 소리야?
봉희	그래. 얘기는 그렇게 전개되고 있어.
봉수	그렇지만— 그렇지만 말이야— 그땐 뱀탕 끓이는 건강원이 없었던 거야? 그랬으면 이런 일도 일어나지 않았을 거잖아.
봉희	봉수야, 진정해. 이야기로 돌아가면, 하와는 손을 뻗어서 열매를 땄습니다.
봉수	(극적으로) 안 돼! 난 그냥 지켜볼 수가 없어!

봉희	하와는 열매를 입에 갖다 댔습니다.
봉수	(*극도로 감정적이 되어*) 먹으면 안 돼! 먹지 마, 하와야! 먹으면 넌 죽어! 먹지 마! 어서 가지에 다시 달아 놔! 크리스마스 장식처럼!
봉희	하와는 열매를 먹으려고 입을 열었습니다.
봉수	(*아주 빠르게 말한다.*) 하와는 마침내 열매를 먹지 않기로 했습니다. 하와는 열매를 과일 그릇에 담아 자기 집 식탁위에 놓았습니다. 그리고 하나님 접견실에서 안내원으로 영원히 행복하게 살았습니다.
봉희	너 무슨 소리 하는 거니?! 그건 이야기가 틀려!
봉수	하와는 "하나님이 먹지 말라고 한 열매를 난 먹지 않을 것이다"라고 큰 소리로 외치며 열매를 땅에 내던졌습니다.
봉희	틀렸어!
봉수	그렇지만, 봉희야, 우리가 하와를 막을 방법이 없을까? 우리가 어떻게 도와줄 수 없겠니?
봉희	없어. 하와는 열매를 깨물어 먹고 너무나 맛있어서 남편 아담에게도 권했습니다. 아담은—
봉수	하와를 중지시켰습니다.
봉희	아닙니다. 아담도 같이 먹었습니다.
봉수	저걸 어쩌니! 둘 다 죽겠구나! 둘 다 죽지?
봉희	아니, 바로 죽지는 않아.
봉수	하나님이 먹으면 죽는다고 하셨잖아!
봉희	맞아. 하나님은 항상 약속을 지키시지.

봉수   그런데 왜 바로 죽지 않은 거야?

봉희   결국은 죽게 되어 있는데, 하나님이 아담과 하와를 너무나
        사랑하셔서 오랫동안 살려두셨어. 하나님은 약속을 지킬 방
        법을 찾아서 이들에게 두 번째 기회를 주신거지.

봉수   휴! 그거 잘됐구나.

봉희   두 사람은 열매를 먹는 순간 자기들이 벌거벗고 있다는 사실
        을 깨달았습니다.

봉수   (마치 옷을 벗은 것을 감추려는 듯 두 팔로 자기 몸을 감싼
        다.) 아니— 저런! 그럼 그 사람들이 아무것도 입고 있지 않
        았단 말이야?!

봉희   그랬어.

봉수   왜 벗고 있었는데?

봉희   그때는 옷이라는 게 없으니까. 배꼽도 없었고. 호호.

봉수   뭐?

봉희   아냐, 아무것도 아니야. 두 사람은 부끄러워했어.

봉수   나라도 부끄러웠겠다. 벌거벗고 점심 먹고 돌아다닌다고 상
        상해봐. (몸을 감싸던 손을 다시 제자리에 놓는다.)

봉희   부끄러운 감정은 하나님에 대한 불순종한 결과로 깨닫게 된
        거야. 그 전에는 이들에게 옷이 필요치 않았거든. 수치감을
        느낀 이들이 서로 무화과 잎을 엮어서 치마를 지어 입었단
        다.

봉수   재봉틀은 어디서 났어?

봉희   재봉틀 같은 건 없었지.

봉수	아— 실을 당기는 침을 썼겠구나.
봉희	그날 밤 하나님은 동산을 같이 거닐자며 이들을 찾으셨지만, 두 사람은 꼭꼭 숨어 있었어.
봉수	하나님한테서 도망갔구나.
봉희	그런 거지.
봉수	그런데 왜 도망갔어?
봉희	수치심 때문에. 부끄러웠거든. 하나님이 "아담아, 어디 있느냐?" 하고 찾으셨는데—
봉수	"이리 나오너라." 가만! 하나님이 아담과 하와를 찾지 못하신 거야?!
봉희	물론 하나님은 이들이 어디 있는지 아시지. 하나님이 누구냐? 모르는 게 없으신 분 아니냐?
봉수	그렇지— 근데 왜 찾아다니신 거야? 아— 이제 알겠다!
봉희	무얼 알겠다는 건데?
봉수	하나님은 두 사람이 잘못했음을 인정할 기회를 주신 것 아닐까?
봉희	네 생각이 옳은 것 같다. 그래서 아담이 드디어 말했습니다.
봉수	"하나님 음성을 들으니 겁이 났어요— 우린 하나님을 못된 아이들 잡아가는 도깨비로 알고 있으니까요!"
봉희	무서워한 이유는 그런 게 아니잖아! 아담은 "내가 벌거벗었기 때문에 두려워요!"라고 했습니다.
봉수	(*몸을 감싸면서 벌거벗은 시늉을 또 한다.*)
봉희	아담과 하와는 겁이 나고 부끄럽고 그래서 숨었던 거야.

봉수	벌거벗었고.
봉희	맞아. 우리도 무슨 잘못을 했을 때 그 비슷한 감정을 느끼지 않니?
봉수	우리도 벌거벗었다고 느끼나?
봉희	아니, 옷을 벗은 것은 아니고. 겁나고 수치스러운 그런 느낌.
봉수	아—
봉희	그리고 하나님은 그들에게 물었습니다. "너희가 선악나무 열매를 먹었느냐?"
봉수	(아담처럼 행동한다.) "그건 저— 저 여자 잘못이에요!"
봉희	하나님은 하와에게 물으셨어요. "그게 사실이냐?" 하와는 전부 뱀의 탓으로 돌리고, 뱀 때문에 그렇게 되었다고 했습니다.
봉수	말할 줄 아는 뱀이구나. 봉희야, 난 아직도 옛날 옛적에 말하는 그런 뱀에게 속아 넘어갔다는 사실이 믿어지지를 않는다.
봉희	하나님은 뱀을 저주하고 여인에게서 나올 아이가 그 뱀을 짓눌러 상하게 할 것임을 약속하셨습니다.
봉수	그러니까, 그 뱀은 보통 뱀이 아니었단 말이지?
봉희	그래. 겉으로 보이는 그런 뱀이 아니었지.
봉수	속을 숨기고 뱀으로 가장한 그런 거였어?
봉희	악마를 가리키는 거니?
봉수	응. 그런 거.
봉희	네 말이 옳아. 악마의 힘을 누를 수 있는 자가 누구겠니?
봉수	예수님!

봉희	그렇지!
봉수	그러니까 이야기는 이렇구나. 아담과 하와가 하나님에게 불순종했을 때 두 번째 기회를 주셨다. 그런데도 이 사람들이 잘못을 인정하고 뉘우치지 않았기 때문에 앞으로 오실 구세주를 약속하셨다. 그런 얘기 맞지?
봉희	맞았어. 하나님은 아담과 하와에게 새 옷을 지어주셨습니다.
봉수	일이 터졌네. 벌거벗어서 그랬구나.
봉희	알겠지? 하나님은 약속을 지키셨고 지금도 여전히 사랑을 보여주고 계십니다. 그래서 두 사람은 동산을 떠나야 했습니다.
봉수	그건 왜?
봉희	하나님이 이들을 사랑했기 때문이지.
봉후	뭐? 사랑한다면서 동산을 떠나게 하셨다고?
봉희	선악나무 열매를 먹었으면 자기들이 발견한 악의 힘을 벗어나지 못하고 영원히 그렇게 살아야 했기 때문이야.
봉수	아— 그게 그런 거였구나.
봉희	그러나 하나님은 이들이 평안과 사랑 속에서 영원히 살기를 원하셨어.
봉수	하나님이 해줄 수 있는 유일한 방법은 이들의 육체는 죽어도 육체 안에 있는 영혼이 하나님과 영원히 살 수 있게 하신 거구나!
봉희	맞았어. 오늘도 하나님은 우리가 불순종할 때 여전히 용서해주시지.

봉수   (*잠시 머뭇거리다가*) 와— 그러니까 아담과 하와가 에덴동
       산을 떠날 수밖에 없었구나. 집 없이 먹고 산 이 세상 최초의
       부부였겠다.

봉희   그렇게 말할 수도 있겠지.

함께   끝. 오늘은 이만!

3

가인과 아벨

근거 창세기 4장

배경 창세(Genesis)의 의미는 "기원"이라는 뜻이다. 창세기는 하나님의 우주창조, 인간의 기원, 이 세상의 죄와 고통의 시작, 그리고 인간을 다루는 하나님의 방법에 대한 이야기를 들려준다.

하나님께서 가인의 제물은 인정하지 않고 그의 동생 아벨의 제물만 받는 것을 알았을 때 가인은 질투심과 분노로 그의 동생을 죽인다. 가인은 반복적으로 이기적인 동기에 굴복하고 이 세상 최초의 살인자가 된다. 이 이야기는 우리가 죄에 빠질 때 얼마나 급속히 나락으로 떨어지는가를 보여준다. 우리는 유혹이 우리 삶에 들어올 때 이를 저항해야 한다.

봉희   아담과 이브가 에덴동산을 떠난 후 . . .

봉수   교외 콘도로 옮겼지.

봉희   교외라는 건 그때는 없었어.

봉수   강남 아파트로 갔나?

봉희   아니야. 남자 아기가 태어났고 아들 이름은 . . .

봉수   이순신!

봉희   틀렸어.

봉수   이순신이 얼마나 멋진 이름인데.

봉희   아들 이름은 가인이었어.

봉수   가여워서?

봉희   아니야. 아담과 하와에게 남자 아기가 또 태어났는데 . . .

봉수   히동구다!

봉희   무슨 말이야?

봉수   희망동산의 구원자라는 뜻이지.

봉희   아니야. 아벨이라고 불렀어.

봉수   아벨?

봉희   그래. 아벨은 양떼를 지켰어.

봉수   아! 나도 양떼를 지키고 싶다.

봉희	그건 왜지?
봉수	내가 양고기를 좋아하잖아!
봉희	들어봐. 가인은 들판에서 농사를 지었고, 그가 지은 곡식을 하나님께 제물로 바쳤어.
봉수	아벨도 제물을 바쳤어?
봉희	그럼. 아벨은 그가 기른 양으로 바쳤지.
봉수	양고기 생각난다.
봉희	하나님은 아벨의 제물을 좋아하셨어.
봉수	양고기를? 하나님은 육식 체질이셨구나.
봉희	하나님은 양고기를 잡수신 게 아니야!
봉수	왜? 양고기 냄새가 죽여주는데!
봉희	이봐. 하나님은 아벨의 제사를 좋아하신 거지 양고기를 좋아하신 게 아니야. 아벨은 그의 가장 좋은 양을 믿음으로 바쳤기 때문에 . . .
봉수	최상급 투플 특상품.
봉희	그래.
봉수	양고기가 맛있다는 것을 믿으신 거지.
봉희	아벨은 하나님을 믿었고, 하나님을 사랑했기 때문에 제물을 바친 거야. 그런데 가인은 . . . 가인은 하나님을 기쁘게 해드리지 못했어. 왜냐하면 . . .
봉수	곡식이 불량품이었나 보지?
봉희	아마? 가인은 가장 좋은 곡식을 바치지도 않았고 믿음으로 드리지도 않았거든.

봉수	믿음이 없었다고?
봉희	그렇다니까.
봉수	곡식도 좋지 않고 믿음도 없었고.
봉희	응, 맞아.
봉수	하나님이 그걸 다 알고 계셨단 거지?
봉희	알고 계셨지. 그래서 가인이 화가 많이 난 거야. 하나님이 아벨 제사만 받고 가인 제사는 받지 않으시니까 가인이 질투가 난 거지.
봉수	아 그랬구나.
봉희	그래서 하나님이 "가인아 너 왜 화가 났느냐? 네가 아우처럼 정성껏 제물을 바쳤다면 내가 왜 받지 않았겠느냐? 네 죄가 네 문에 엎드려있다. 죄가 너를 지배하고 싶어 한다. 그러나 너는 죄를 이기고 정복해야 한다" 그러셨어.
봉수	그래서 가인이 죄를 정복했어?
봉희	아니지. 가인은 하나님 말씀을 듣지 않아.
봉수	하나님 말씀을 듣지 않았다고? 하나님 말씀을 무시했다고?
봉희	그렇다니까.
봉수	그렇다면 문제가 있지!
봉희	그래. 네 말대로 문제가 생겼어. 가인은 아벨을 들판으로 불러내서 쳐 죽였거든.
봉수	맙소사. 그래서 하나님이 "네 동생이 어디 있느냐?"고 물으셨구나.
봉희	그래. 가인이 "내가 그걸 어떻게 알아요? 내가 애보는 자인

가요?" 하고 대들었지.

봉수 그럼 하나님은 가인이 한 짓을 모르셨던 거야?

봉희 물론 알고 계셨지. 하나님은 가인한테 그가 저지른 잘못을 시인할 기회를 주셨던 거야.

봉수 그럼 가인이 죄를 인정했어?

봉희 아니. 그래서 하나님이 "네가 무슨 짓을 했느냐, 가인아? 네 동생의 피가 나를 부른다"고 하셨어.

봉수 피 얘기를 하셨다고?

봉희 하나님의 수사법*이야. 아벨의 죽음이 정의를 부르고 있다는 뜻을 말하신 거야.

봉수 아하, 그렇구나. 그래서 하나님이 뭐라고 하셨는데?

봉희 "가인아, 너는 이제 저주 아래 놓여있다." 그래서 가인은 세상을 정처 없이 두루 두루 돌아다니는 신세가 되었지.

봉수 그게 끝이야?

봉희 대충 그래.

봉수 난 이 얘기가 해피엔딩이었으면 좋겠다.

봉희 가인도 그렇기를 바랐지. 가인은 "제 형벌은 너무 가혹해요. 사람들이 나를 잡으려고 평생 쫓아다닐 텐데요."

봉수 잘못했다고 빌었어?

봉희 아니.

봉수 하나님께 자기 죄를 인정한 적이 없었어?

---

* 수사법: 〈문학〉 효과적·미적 표현을 위하여 문장과 언어를 꾸미는 방법.

봉희	없었어.
봉수	마음에 변화를 일으킨 적이 없었다고?
봉희	그런 얘기는 성경에 없어.
봉수	와— 가인은 지독한 친구로군.
봉희	그 후 아담과 하와는 또 다른 아들을 낳았어. 그 이름은—
봉수	이번엔 이순신이라고 했겠지.
봉희	아니. 셋이라고 불렀어.
봉수	셋째 아들이란 뜻이구나.
봉희	그런 건 아니야. 이건 우리말 이름이 아니잖니? 셋의 후손들은 하나님을 가까이 했지만 가인의 자손들은 하나님으로부터 멀리 아주 멀리 떠나 방랑생활을 했어. 봉수야, 너 이 이야기의 의미를 알겠니?
봉수	우리의 제일 좋은 것을 하나님께 드려야 한다는 것.
봉희	좋아.
봉수	하나님을 믿고 가까이해야 한다는 것.
봉희	좋아.
봉수	죄가 우리 문을 두드릴 때 죄를 멀리 해야 한다는 것.
봉희	아주 좋아
봉수	끝으로 아기를 낳으면 이순신이라는 이름을 쓰지 말 것.
봉희	넌 참 못 말리는 애야.
함께	이상입니다.
봉수	봉희야, 가인의 제물이 왜 하나님을 기쁘게 하지 않았는지 너 아니?

봉희   너는 왜 그렇다고 생각하는데?

봉수   가인은 아벨이 아니니깐.

봉희   그건 확실하지. 가인은 아벨이 아니지.

4

대홍수

근거 창세기 6-9장

배경 노아가 살던 세상은 악했지만 그래도 노아는 하나님을 믿고 순종했다. (창세기 6장:5) 악의 범람을 본 하나님은 몹시 근심하셨다. 악을 제거하기 위하여 거대한 홍수를 일으켜서 악한 인종을 모두 쓸어버릴 결심을 하셨다. 그러나 하나님은 그와 깊은 관계를 맺고 그를 순종하는 노아와 그 가족과 그리고 다양한 종류의 짐승들을 대홍수에서 구해주기로 하셨다.

봉희　옛날 옛적 지구가 어렸을 때 . . .

봉수　사람들은 악해져서 하나님으로부터 등을 돌렸습니다.

봉희　세상은 잔인하고

봉수　천박하고

봉희　고약하고

봉수　썩어빠지고

봉희　안 좋은 것들

봉수　추잡한 것들

봉희　정말이지 저질의 사람들로 가득 차 있었습니다.

봉수　그러나 그 가운데 하나님을 따르는 한 남자가 있었으니

봉희　그의 이름은 노아였습니다.

봉수　어느 날 하나님은 노아에게 말했습니다.

봉희　"노아야, 세상이 너무 악하고

봉수　천박하고

봉희　고약하고

봉수　썩어빠지고

봉희　안 좋은 것들로

봉수　추잡한 것들로

봉희	정말이지 저질의 사람들로 가득 차 있구나.
봉수	그래서 나는 이 사람들을 모조리 없애버리기로 했다.
봉희	그러니 너는 커다란 배를 만들어서 너의 가족이 모두 탈 수 있게 준비하여라.
봉수	그리고 온갖 종류의 동물 두 쌍씩을 너의 가족과 함께 배에 태울 것이니 그리 알아라."
봉희	야, 정말이지 큰 배를 만들어야겠구나.
봉수	어마어마한 큰 배를
봉희	무지무지 큰 배를
봉수	타이태닉호처럼 큰 배를
봉희	운동장만큼 큰 배를
봉수	노아는 장도리로 두들기고 톱질하고 두들기고 톱질하고
봉희	또 두들기고 톱질하고 두들기고 톱질하고
봉수	마침내 노아의 팔이 떨어져나갈 것처럼 아팠습니다.
봉희	드디어 배가 완성되었습니다.
봉수	하나님이 노아에게 가족을 데리고 배에 오르라고 하셨지요.
봉희	배에 오른 지 일주일 되던 날
봉수	비가 내리기 시작했어요.
봉희	홍수가 났어요.
봉수	구조원들이 물로 뛰어 들었습니다.
봉희	구조원은 없었어, 봉수야.
봉수	그럼 물에 빠진 사람들을 누가 건져주었어?
봉희	건져준 사람은 아무도 없었어. 모두 빠져 죽었어.

봉수	이크!
봉희	그리고 그 악하고
봉수	천박하고
봉희	고약하고
봉수	썩어빠지고
봉희	안 좋은 것들이
봉수	추잡한 것들이
봉희	정말이지 저질의 사람들이
봉수	모두 물에 삭삭 다 씻겨 나갔습니다. 싹 다 쓸어버렸지요!
봉희	땅 밑에서는 거대한 샘물들이 터지고 뻥 뚫린 하늘에서는 비가 펑펑 쏟아져 내렸어요.
봉수	우르릉 쾅쾅 천둥이 하늘을 들었다 놓았다
봉희	꽈당탕탕 땅들은 터져 나갔습니다.
봉수	높은 하늘에서 폭포수처럼 끊임없이 물이 쏟아져 내려 배는 점점 위로 또 위로 물결 타고 계속 솟아올랐습니다.
봉희	정말이지 무지무지 큰 배에
봉수	타이태닉호처럼 큰 배에
봉희	운동장만큼 큰 배에 사람들과 짐승들은
봉수	모두 안전했지요. 배 안에는 암소 두 마리
봉희	(*봉희는 짐승 소리를 낸다.*) 음매! 음매!
봉수	뱀 한 쌍
봉희	스위시! 스위시!
봉수	물소 한 쌍

봉희	블러브! 블러브!
봉수	벌레 한 쌍
봉희	그르륵! 그르륵!
봉수	문어 한 쌍
봉희	으음— 그건—
봉수	상어 한 쌍
봉희	잠깐!
봉수	뱀장어 한 쌍
봉희	아니야, 아니야, 아니야.
봉수	파란 고래 한 쌍
봉희	고래, 상어, 문어, 뱀장어는 배 안에 없었어. 그것들은 물속에 있잖아!
봉수	그렇구나. 그것들은 물속에서 죽은 사람들을 뜯어먹고 있겠구나.
봉희	어유 징그럽다, 얘! 비는 계속해서 40일 동안이나 내렸습니다.
봉수	밤에도 쉬지 않고 내렸습니다.
봉희	그런데 노아와
봉수	미세스 노아와
봉희	세 아들과
봉수	세 며느리들이 어마어마한 큰 배에
봉희	정말이지 무지무지 큰 배 안에서 안전했습니다.
봉수	그 안에는 암소 두 마리

봉희	음매— 음매—
봉수	뱀 한 쌍
봉희	스위시— 스위시—
봉수	물소 한 쌍
봉희	블라브! 블라브!
봉수	벌레 한 쌍
봉희	그르륵! 그르륵!
봉수	상어, 문어, 장어, 고래가
봉희	물속에 있고— 드디어 물이 온 땅을 뒤덮었습니다.
봉수	가장 높은 산꼭대기도
봉희	150일 동안이나 물속에 잠겨 있었습니다.
봉수	그런데, 봉희야, 그 사람들이 그 많은 짐승들과 한 배에 있기에는 150일은 너무 긴 것 아니니? 너 노아가 배 안에서 어떻게 우유를 상하지 않게 보관했는지 알아?
봉희	몰라.
봉수	암소 뱃속에 담아 두었지! 그리고 배 안에서 어떤 등불을 노아가 이용했는지 알아?
봉희	몰라.
봉수	홍수등불!
봉희	농담 그만하고 우리 이야기로 돌아가자.
봉수	오케이! 하나님은 노아와 그의 가족과 많은 짐승들을 기억하셨습니다.
봉희	하나님은 강한 바람을 일으키셨어요.

봉수	쌩! 쌩! (봉희의 얼굴에 바람을 분다.)
봉희	(마치 봉수의 입 냄새가 나쁘기라도 한 듯 기침을 한다.)
봉수	그러면서 물이 빠지기 시작했습니다— 짤짤짤짤!
봉희	떠다니던 배가 아라랏 산 모서리에 닿았습니다.
봉수	아라랏? 아리랑고개?
봉희	아니, 아라랏. 며칠이 지난 후 노아는 문을 열고 비둘기 한 마리를 내보냈습니다.
봉수	(두 팔을 벌려 날갯짓을 한다.)
봉희	제법 큰 비둘기였지요. . . . (봉수는 객석 주변을 한 바퀴 돌고 무대로 돌아온다.) . . . 아직도 물이 많아서 내려앉을 자리를 찾지 못한 비둘기는 다시 돌아왔습니다. 노아는 팔을 뻗어 비둘기를 맞이했습니다. 일주일 후 노아는 비둘기를 다시 배 밖으로 내보냈습니다.
봉수	(날갯짓을 하면서 객석 한 바퀴를 또 돈다.)
봉희	저녁때쯤 비둘기는 올리브 입새를 입에 물고 돌아왔습니다.
봉수	(객석 뒤에서 입새가 달린 가지 하나를 손에 들고 온다.)
봉희	"입에 물고 왔다"고 했지, "날개에 달고 왔다"고 하지 않았거든.
봉수	(가지를 입에 물고 날갯짓한다.)
봉희	일주일 후 노아는 비둘기를 다시 내보냈습니다.
봉수	(다시 날아간다.)
봉희	이번에는 비둘기가 돌아오지 않았습니다.
봉수	(객석 뒤 문밖으로 나간다.)

봉희	(*소리 지른다*.) 그러나 이 이야기를 들려주는 배우는 돌아왔습니다!
봉수	(*문을 열고 고개를 문 안쪽으로 들이민다*.) 오케이.
봉희	대홍수가 터지고 열두 달이 지난 후 드디어 노아와 가족은 그 많은 짐승들을 이끌고 배 밖으로 나왔습니다.
봉수	암소 두 마리.
봉희	그걸 또 시작하자고? 이제 그건 그만 생략하자.
봉수	(*안 된다는 뜻으로 고개를 절레절레 흔든다*.)
봉희	(*한숨 쉬면서*) 알았어.
봉수	암소 두 마리
봉희	(*내키지 않는 소리로*) 음매— 음매—
봉수	뱀 한 쌍
봉희	스위시— 스위시—
봉수	물소 한 쌍
봉희	블라브— 블라브—
봉수	벌레 한 쌍
봉희	그르륵— 그르륵—
봉수	봉희야, 그 많은 짐승들과 노아 가족이 그렇게 갇혀있기에는 너무 길지 않았니? 너 노아가 어떻게 배 안에서 우유를 보관했는지 알아?
봉희	그 소리 또 시작할 거니? 자꾸 하면 재미없어.
봉수	그 외 나머지 모든 짐승들과
봉희	노아와 가족은 하나님께 경배드렸습니다.

봉수	하나님은 다시는 이런 홍수를 세상에 내리지 않겠다고 약속
봉희	그 약속의 표시로 하늘에 무지개를 띄워주셨습니다.
봉수	그리고 노아와 노아 가족을 축복하시고
봉희	신선하고 밝고 맑은 세상으로 보내주셨습니다.
봉수	그 어마어마한 큰 배 밖으로
봉희	무지무지 큰 배 밖으로
봉수	타이태닉호처럼 큰 배 밖으로 나왔습니다.
함께	이상입니다. (*절한다.*)
봉수	(*퇴장하면서*) 그 많은 짐승들과 함께. 암소 두 마리
봉희	난 그만할 거야.
봉수	어서 해. 암소 두 마리! 하라니까!
봉희	음매— 음매—

(*무대조명 꺼진다.*)

5

아브라함: 믿음의 아버지

근거 창세기 12-25장, 로마서 4장:16-18, 히브리서 11장:8-19

배경 하나님은 아브라함에게 고향 아버지 집을 떠나 그가 인도하는 미지의 땅으로 가라고 했을 때 믿음으로 순종하고 행하였으므로 오늘날도 그의 믿음은 신도들에게 표본이 되고 있다. 아브라함은 사람들이 온갖 신들을 숭배하는 곳에 살고 있었다. 어느 날 진정한 유일신 하나님이 그에게 땅과 셀 수 없이 많은 후손을 주시겠다는 미래의 축복을 약속하셨다. 아브라함은 하나님이 지시한 땅으로 가서 하나님을 위한 제단을 쌓고 그에 대한 믿음을 확고히 했다.

| 봉희 | 오늘은 성경에 있는 위대한 믿음의 영웅을 여러분께 소개하려고 합니다. 봉수야, 너 지금 뭐하는 거야? 내 말 듣고 있니? *(봉수는 열심히 스마트폰을 들여다본다.)* |

봉희 오늘은 성경에 있는 위대한 믿음의 영웅을 여러분께 소개하려고 합니다. 봉수야, 너 지금 뭐하는 거야? 내 말 듣고 있니?
(봉수는 열심히 스마트폰을 들여다본다.)

봉수 이 스마트폰 어때? 근사하지? 생일선물로 받은 거야.

봉희 성경 얘기를 아이들에게 들려주려는데―

봉수 알았어. 방해하지 않을게.
(봉희가 얘기하는 동안 봉수는 열심히 폰을 갖고 논다.)

봉희 오늘 들려줄 얘기는 성경에 나타난 위대한 영웅에 대한 것입니다. 봉수야. 너 신경 쓰이지 않니?

봉수 아니, 난 괜찮아. 내 신경 쓸 것 없어.

봉희 내가 신경이 쓰인다니깐! 얘기하려는데 네가 청중을 방해하고 있잖아.

봉수 아, 그랬나? 미안, 미안. 그래, 무슨 얘기지?

봉희 이제 시작할 거야. 하나님에 대한 확고한 믿음을 보여준 아브라함이라는 사람 이야기입니다.

봉수 아브라함 링컨. 그 사람 얘기라면 나도 알지.

봉희 아브라함 링컨이 아니고 그냥 아브라함이야.

봉수 아브라함 아브라함?

봉희	성은 나도 몰라. 출생지는—
봉수	그건 내가 알아. 우르 땅이야.
봉희	그래, 맞았어. 하나님이 어느 날 아브라함에게 가족을 데리고 다른 곳으로 가라고 했습니다.
봉수	강원도로?
봉희	아니야. 하나님은 한 보따리 약속을 하셨습니다.
봉수	어떤 보따리? 무슨 약속?
봉희	땅도 주고 수많은 손자손녀를 약속하셨습니다.
봉수	그런데 하나님이 정말로 손자손녀라는 단어를 쓰셨어?
봉희	그 비슷한 말을 하셨지. 그의 자손을 통해서 모든 사람들을 축복하고—
봉수	손자손녀도?
봉희	사실, 하나님은 아브라함과 아내 사라에게 아이들과 아이들의 아이들, 그 아이들의 아이들을 약속하셨거든요.
봉수	손자손녀들 엄청 많겠네.
봉희	아주 많았지.
봉수	기저귀도 엄청났겠다!
봉희	그 생각은 못해봤어, 봉수야.
봉수	기저귀 빨래하고 손자손녀들 학교가고 학원가고 할머니와 할아버지께서 다 돌보셨을 것 아니야.
봉희	자, 그런 상상은 그만하고 우리 얘기로 돌아가자. 하나님은 새 집을 약속하셨어요.
봉수	장난감도 스마트폰도 많았겠구나.

봉희	그건 아니지만, 만백성을 위한 구세주를 확실하게 약속하셨습니다.
봉수	멋지구나!
봉희	아브라함은 모험도 많이 했어요.
봉수	어떤 모험?
봉희	애굽으로 가서 조카 롯을 용감하게 구했지요.
봉수	아, 그랬구나.
봉희	아브라함은 아주 못된 도시를 구해달라고 기도했어요. 그리고 성경이야기 중에 정말 희한한, 괴상한 내용이 있는데, 아브라함은 하나님 명령대로 산꼭대기에 올라갔지요.
봉수	경치를 잘 볼 수 있게 말입니다.
봉희	아니, 아들을 죽이려고요.
봉수	뭐? 너 지금 아들을 죽인다고 했어?!
봉희	그래.
봉수	도대체, 왜 그런 짓을?
봉희	하나님께서 시킨 일입니다.
봉수	뭐?
봉희	하나님께서는 그 아들을 정말로 죽이시려는 것은 아니었고, 아브라함이 얼마만큼 어디까지 순종하는가를 보시려고. 그의 믿음을 시험하신 겁니다.
봉수	그래서 하나님께서 아들, 이삭을 죽이라고 했단 말이야?
봉희	그랬다니까.
봉수	아브라함은 아들을 진짜 죽이려고 했단 말이야?

봉희	그랬어.
봉수	겁나게 잔인하다.
봉희	아브라함은 하나님께서 그에게 이삭을 통해 수많은 손자손녀를 약속하신 것을 알고 있었어요. 그 사실은 봉수 너도 알지?
봉수	응.
봉희	그래서 아브라함은 하나님이 이삭을 다시 살려주실 것을 믿었어요. 그의 믿음은 그만큼 컸던 거지요.
봉수	대단한 믿음이군요.
봉희	신앙심이 엄청 컸던 거지요. 물론 아브라함이 아들에게 칼을 대려던 순간, "스톱" 하고 하나님이 멈추게 했지만, 하나님은 그 대신 숫양 한 마리를 준비해두셨어요.
봉수	그래서 그런 믿음을 통해서 아브라함은 많은 나라의 아버지가 된 거구나.
봉희	그렇지. 아버지 아브라함은 많은 아들들을 두었고—
봉수	많은 아들들은 아버지 아브라함을 두었고. 나도 그중 하나야. 그런데, 난 어떻게 해서 아브라함의 아들이 되었지?
봉희	봉수야, 너 오직 한 분이신, 진실하신 하나님을 믿니?
봉수	그럼. 믿고 있지.
봉희	그렇다면 너는 네 믿음을 통해서 아브라함의 친족이 된 거야. 성경은 아브라함을 가리켜 믿는 자들의 조상이라고 부르니까. (로마서 4장:16-17)
봉수	멋있네. 그러니까 하나님이 선택한 아브라함이 하나님에 대한 그의 위대한 믿음을 보여준 셈이로군요.

봉희	그렇지요.
봉수	하나님은 그에게 손자손녀들을 약속하셨고, 그래서 우리는 하나님을 찬양하는 것이고요.
봉희	그렇지요.
봉수/봉희	할렐루야!

6

요셉: 꿈의 왕자

근거 창세기 37-50장

배경 야곱의 열두 아들 가운데 특히 주목받는 아들은 요셉이다. 요셉은 그의 온 가문이 애굽에 내려와 살게 되는 사건의 주인공이다. 야곱이 아들 가운데 유독 요셉을 편애하자 형들은 동생을 미워하였다. 결국 형들은 동생 요셉을 애굽의 노예상에게 팔아넘긴 후 아버지에게는 이 사실을 감추고 그가 죽은 것으로 보고하였다. 요셉은 애굽의 제2인자가 되어, 몇 년 후 형들과 재회하여 형들을 용서하고 화해했다. 요셉은 그의 인생이 어렵고 힘들어도 이는 선한 일을 하게 하려는 하나님의 의도임을 믿고 그 믿음을 잃지 않았다.

[1막]

유다   요셉은 잘난 척하기 좋아하는 버릇없는 개구쟁이였습니다.

요셉   형들은 저를 별로 좋아하지 않았어요. 형이 열 명이나 있는데 한 명도 절 좋아하지 않았다는 점은 유쾌한 일이 아니지요. 전 이를테면 형들에게 완전히 따돌림을 당했으니까요.

유다   요셉은 우리 형제들이 항상 아버지와 문제를 일으키게 만들었어요. 고자질쟁이에다 사내 녀석이 아주 수다쟁이에요!

요셉   전 아버지의 아이돌이었지요. 아버지는 제게 최고로 멋진 옷을 해주셨는데, 제가 새 옷을 입기만 하면 형들은 그 옷을 벗겨버리려고 했어요.

유다   한마디로 우리 형제들은 동생 요셉의 자랑과 허세를 증오했어요. 아무도 그를 좋아한 형제는 없었습니다.

요셉   어느 날 전 형들에게 내 꿈 얘기를 들려주었어요. 형들이 제게 머리 숙여 절하는 꿈이었는데 얘기를 들은 형들은 "저 꼬마 자식이 우리의 지배자가 된다는 거냐? 기가 막혀서!" 하고 분노했어요.

유다   그리고는 두 번째 꿈 얘기를 하는 거예요. 해와 달과 열한 개의 별들이 요셉에게 절을 하는 꿈을 꾸었다는군요. 그때는 아버지조차 기분이 상하셔서 "우리가 모두 네 앞에서 머리 숙여 절한다는 말이냐? 그런 뜻이냐?" 하고 꾸짖으셨습니다.

요셉   그러던 어느 날 아버지께서는 제게 양떼를 치는 형들이 잘 있는지 보고 오라고 하셨어요. 형들을 도단에서 만났지요.

유다   요셉이 멀리서 오고 있는 것을 보고 우리 형제들은 급히 계략을 꾸몄습니다. 누가 제안했는지 기억은 없지만, 꼬마 동생을 완전히 없애버리기로 했어요. "저 자식을 죽여서 웅덩이에 던져버리고 아버지한테는 짐승이 잡아먹었다 하자"고 했어요.

요셉   제가 형들한테 도착하자 형들은 저를 잡고 옷을 찢고— 아버지께서 해주신 아름다운 채색 옷 말이에요— 저를 깊은 우물 속에 던졌어요. 아구구구—아야야— 얼마나 쑤시고 아팠던지—

유다   마지막 순간에 맏형 루으벤이 의논 끝에 죽이지는 말고 그 대신 구덩이에 버려두자고 했어요. 그때 노예상들이 지나가는 것을 보고 내가 아이디어를 냈지요.

요셉   전 놀랬어요. 유다 형이 우물 속으로 밧줄을 내려 보내면서 잡고 올라오라더군요. "어서 잡고 올라와. 우린 널 그냥 놀래키려고 한 것뿐이야!" 그렇게 말하는 거였어요. 그래서 전 밧줄을 잡고 올라왔지요.

유다   "저 애를 죽이지 말고 이용해서 돈을 벌면 어때? 노예 장사꾼에게 팔면 되잖아." 나의 이런 제안에 요셉을 은 20개 받고 노예 장사꾼에게 팔았습니다.

요셉 전 어느 쪽이 더 내 마음을 아프게 했는지 모르겠더라고요. 우물 속에 던져 죽게 내버려두는 쪽인지 노예로 판 것이 더 슬펐는지.

유다 우린 요셉의 옷에 염소 피를 바르고 아버지께는 근처에서 그 옷을 발견했다고 둘러대었습니다.

요셉 노예 장사꾼들은 절 데리고 떠났어요.

유다 아버지께서는 너무나 슬퍼하셨고 눈물을 멈추지 않으셨어요.

요셉 전 울음을 그치지 않았어요.

유다 우리 형제들은 그 꼴 보기 싫은 꿈쟁이 녀석을 영원히 없앴다고 생각했지요.

요셉 전 애굽으로 끌려갔습니다.

[2막]

요셉 애굽에서 보디발이라는 왕의 시위대장 집에서 일했어요.

유다 몇 년 동안 가뭄이 심했는데, 그러던 중 애굽에 가면 식량을 구할 수 있다는 소문이 들렸지요.

요셉 그런대로 제가 얼짱, 몸짱이었나 봅니다. 안주인이 날마다 제게 접근하고 추근거렸어요. "이러시면 안 됩니다" 하고 뿌리쳤더니, 남편 없을 때 제가 자기에게 키스하려고 덤볐다며 남편에게 거짓말을 하는 것이 아니겠습니까? 어처구니없지요.

무고하게 2년 동안 감옥에 갇혔어요. 그것도 치욕스러운 성희롱으로 말이지요. 그러다가 왕의 꿈 두 개를 해몽하기 위해 왕 앞에 불려갔습니다.

유다   아버지가 말씀하셨습니다. "너희들 이대로 있을 거냐? 가서 식량을 구해 와야 할 것 아니냐? 생각 좀 해라!" 그래서 우리 형제들은 식량을 구하러 애굽으로 갔습니다.

요셉   왕의 꿈 해몽은 잘 되었어요. 하나님께서 가르쳐주신 대로 했지요. 그랬더니 왕이 저를 전국의 책임자, 말하자면 총리 자리에 앉혔어요. 어느 날 우리 형제 열 명이 제 앞에 등장하는 게 아니겠습니까?! 난 형들을 즉시 알아보았어요.

유다   우리 형제들은 애굽의 총리 앞에 섰습니다. 그 앞에 머리 숙여 절했는데, 그 사람이 우리를 스파이로 몰아붙이는 거였습니다.

요셉   전 형들을 모르는 척 하고, 이틀 동안 감옥에 가두었어요. 왜 그랬는지 저도 모르겠어요. 형들에게 교훈을 주고 싶어서 그랬는지 알 수 없군요.

유다   감옥이라니요! 우리가 스파이라니요! 이건 아니죠? 아니에요! 절대 우린 스파이가 아닙니다!

요셉   전 그들에게 스파이가 정말 아니라면 고향에 두고 왔다는 막내 동생을 데리고 와서 증명해 보이라고 했습니다.

유다   그 애굽 사람이 우리를 감옥에 넣었을 때, 우린 몇 년 전 우리가 요셉에게 지은 죄 때문에 하나님이 벌주시는 게 아닌가 하는 생각이 들었습니다.

요셉	전 형들을 다시는 볼 수 없을 줄 알았는데, 그런데 그 후 2년 뒤에 가뭄이 더 심해지자 형들이 또 한 번 식량을 구하러 나타났어요.
유다	아버지는 우리가 애굽에 다시 가는 것을 원치 않으셨어요. 그렇지만 굶어 죽게 생겼으니 식량이 급했지요. 전 아버지께, "아버지, 제가 보장하고 베냐민을 무사히 데리고 오겠습니다. 제가 책임지겠습니다." 이렇게 말씀드리자 아버지께서는 허락하셨어요.
요셉	전 동생 베냐민을 보자 북받쳐 오르는 감정을 참을 수 없어서 그 자리를 빠져나와 소리 내어 울었습니다. 제 마음 한구석에 형들에 대한 서운한 감정이 있었지만, 그러나 전 형들을 미워하지 않았어요. 형들을 사랑했어요.
유다	어쨌든— 결국 그 애굽 총리는 베냐민이 은컵을 훔쳤다며 그를 노예로 삼겠다는 거였어요. 그래서 제가 나서서 저를 대신 잡아두라고 했어요. "전 아버지께 어린 동생 베냐민에게 어떤 일도 일어나지 않도록 안전하게 지키겠다고 약속했습니다. 그 아이 없이 저의 아버지는 사실 수 없습니다. 그러니 저를 대신 노예로 삼으십시오" 하고 간청했지요.
요셉	바로 그때 제가 더 이상 감정을 억제하지 못하고 울음을 터트렸습니다.
유다	그 애굽 총리는 자신이 요셉이라고 정체를 밝혔어요. 그리고 우리 형제 아무도 노예가 되지 않을 것이라고 말했어요.
요셉	전 형들에게 한 사람도 다치지 않을 터이니 무서워하지 말라

고 했어요. 하나님께서 형들과 형들의 후대를 위해 나를 먼저 이곳에 보내셨던 것이라고 설명했어요.

유다 요셉은 형들을 용서해주었어요. 믿어집니까? 요셉은 진실로 우리를 용서했습니다. 우리 형제들은 고향에서 아버지를 모셔왔고 온 가족이 다 함께 내려와 살게 되었습니다.

요셉 하나님께서 저를 있는 그대로 받아주셨는데 제가 왜 형들을 그대로 받아들일 수 없겠습니까?

유다 그때로부터 요셉 덕분에 우리 형제들은 애굽 땅에서 귀족처럼 살았지요. 정말이지 누군가 여러분을 그렇게 용서해준다면 여러분도 영원히 변화될 것입니다.

7

보트 아기

근거 출애굽기 1-2장:10

배경 하나님은 아기 모세를 보호하고 그를 그의 백성을 인도할 강력한 지도자로 키웠다. 요셉과 그의 가족이 애굽에 정착한 후 자손이 수없이 번성하여 번영을 누렸다. 그러나 요셉을 모르는 왕이 애굽을 통치하게 되면서 이스라엘 민족을 두려워한 왕은 이들을 억압하기 시작했다. 그럼에도 이스라엘 민족이 번성하자 왕은 이스라엘 가정에 사내아이가 태어나면 죽이라는 명령을 내렸다. 하나님은 그의 백성을 구하기 위해 이 상황을 이용하셨다.

봉희   요셉과 그의 가족이 애굽으로 옮겨간 후 수많은 후손이 생겼습니다.

봉수   요셉의 형제들이 아이들을 낳고 그 아이들이 또 아이들을 낳고

봉희   그 아이들이 또 아이들을 낳고

봉수   그 아이들의 아이들이 아이들을 낳고

봉희   됐어. 그만하면 무슨 애긴지 청중이 알아들었어요.

봉수   알아들었겠지.

봉희   애굽에서 이스라엘 백성의 수가 불어나고 번성했습니다.

봉수   어느 날 요셉에 대한 얘기를 들어보지 못한 왕이 나라를 통치하게 되었습니다.

봉희   이스라엘 민족을 두려워한 왕은 이들을 포악하고 무례하게 다루었습니다.

봉수   "에이― 저 이스라엘 노예들, 정말 미워죽겠어! 노예 감독관에게 저자들을 더 심하게 다루라고 해야겠다!"

봉희   왕의 압제에도 불구하고 유대인들은 더욱 강해지고 여전히 아기들을 많이 낳았습니다.

봉수	"엄마, 엄마, 찌찌!"
봉희	급기야는 왕이 명령을 내렸어요—
봉수	봉희야, 그런데 궁금한 게 있어.
봉희	뭔데?
봉수	어떤 사람이 유대인이 되는 거야?
봉희	그건 아브라함의 아들, 이삭의 후손들을 가리켜 유대인이라고 불러. 그의 아이들과 그 아이들의 아이들은 모두가 유대인이지.
봉수	그렇구나.
봉희	응. 그런데 우리가 어디까지 얘기했지?
봉수	"엄마, 엄마, 찌찌."
봉희	알았어. (*다시 본론으로 돌아가서*) 왕의 학대에도 불구하고 유대인들은 더 강해졌습니다. 그러자 애굽 왕은 명령을 내렸어요. 유대인 집에 사내아이가 태어나면—
봉수	어린이집 돌보미에게 보내라.
봉희	아니지. 왕이 내린 명령은 사내 아기는 모두 죽이라는 거였습니다.
봉수	모든 사내 아기들을 . . . 불쌍해라!
봉희	그래서 산모들이 사내 아기들을 숨겼어요.
봉수	(*아기 인형을 들어 올리고 셔츠 속이나 겨드랑이 밑이나, 어디든 숨기는 시늉을 한다.*)
봉희	그런 어느 날 요게벳이라는 여인에게 사내아이가 태어났습니다. 석 달 동안 아기를 숨겼지요.

봉수	갓난아기를 석 달이나 숨기려면 힘들었겠다. 으앙! 으앙! 으앙!
봉희	어머니는 우렁차게 큰 소리로 울어대는 아기를 더 이상 숨겨 둘 수가 없었습니다.
봉수	으앙— 으앙— 으앙—
봉희	(*귀를 씻어내면서*) 됐어. 그만하면 충분히 울었어.
봉수	그래서 어머니는 작은 갈대 상자를 만들어 아기를 안에 눕히고 나일 강에 띄웠습니다. 여관에는 빈 방이 없었거든요.
봉희	뭐라고? 여관이 왜 나와?
봉수	앗, 실수. 그건 다른 이야기에 나오지.
봉희	아기 엄마는 아기를 나일 강가에 띄웠습니다.
봉수	모세는 거부했지만—
봉희	뭐라고?
봉수	아, 아니야. 그런데, 아기가 수영할 줄을 알았어?
봉희	아니.
봉수	아기가 그럼 헬멧을 쓰고 물살을 가로지르고 배를 저었어? (*노 젓는 시늉을 한다.*)
봉희	아니요. 아기는 바구니 안에 있었습니다. 그러나 그 엄마는 나일 강 하류의 흐름을 알고 있었고, 어쩌면 공주가 목욕하리라는 것도 짐작했을 겁니다. 공주는 애굽 왕 바로의 딸이지요.
봉수	목욕을 강에서 한다고?
봉희	그래.

봉수 강에서 목욕을 했다고?

봉희 어— 참—

봉수 옷을 다 벗고?!

봉희 옷을 안 벗고 목욕하는 건 소용이 없겠지?

봉수 다른 사람이 보지 못하게 거품 목욕을 했나?

봉희 아니, 강에서 목욕을 했다니까! 어쨌든, 공주는 물에 떠있는 갈대 상자 안에서 아기를 보았습니다.

봉수 바구니 안의 어린 아기는 강을 따라 내려오고 있었지요. (*인형아기의 팔을 벌리면서 수영하는 시늉을 한다.*)

봉희 공주는 바구니를 붙잡았어요.

봉수 그리고 노 젓는 법을 가르쳐주었나요?

봉희 아닙니다. 대신에, 공주는 아기를 들어 올리고 이렇게 말했어요.

봉수 (*여기서부터는 인형을 사용한다.*) "아기야, 까꿍! 까꿍!"

봉희 그렇지.

봉수 까꿍 까꿍— 그런데 이게 뭐야? 에구구—

봉희 왜 그래?

봉수 (*코를 잡으면서*) "아이고 구린내! 기저귀 갈아줘야겠어."

봉희 똥 기저귀는 더럽지. 저기 좀 보세요. 아기를 본 공주의 마음이 녹았어요. 그리고 시녀에게 말했어요. "얘야, 아기 기저귀를 바꿔줘야겠다."

봉수 바로 그때에 아기의 누나 미리암이 나서면서 말했습니다. "공주님, 이 아기는 유대인 아기가 틀림없어요."

봉희	미리암은 근처에 숨어서 모든 것을 지켜보고 있었거든요.
봉수	숨어서 지켜보았다고?
봉희	네. 근처에 숨어서 기다리고 지켜보고 있었습니다. 그리고 미리암은 이렇게 말했어요. "공주님을 위해서 이 애기를 길러줄 여인을 알고 있습니다."
봉수	"냄새나는 똥 기저귀도 갈아주고?"
봉희	"물론이지요."
봉수	"그러면 아기 키우는 일을 네가 말하는 그 여인에게 맡기자." (인형을 봉희에게 건네준다.)
봉희	그래서 미리암은 집으로 달려가서 어머니를 공주에게 안내했습니다.
봉수	공주는 근처에 숨어서 지켜보고 있었지요.
봉희	근처에 숨어서 지켜본 건 공주가 아니지.
봉수	아— 그게 아니다.
봉희	공주는 여인을 고용해서 아기를 키우도록 맡겼습니다.
봉수	잠깐. 여인은 아기의 엄마잖아!
봉희	그렇지.
봉수	이 사건엔 우연이 너무 많은 것 같지 않니, 봉희야? 아기를 바구니에 담고, 공주를 물가로 오게 만들고, 아기의 누나가 나타나 아기의 엄마를 고용하게 해서 아기를 키운다, 그 말이지!
봉희	바로 그거야. 그게 정확하게 일어난 사건이야.
봉수	그래서 하나님이 모든 걸 통제하고 계신다는 그 말이지?

봉희	그렇습니다. 하나님은 이 아기가 태어나게 하셨고 아기를 양육하고 보호하고 계속 지켜주셨습니다.
봉수	그리고 아기가 컸을 때
봉희	어머니는 아기를 바로의 궁으로 데리고 갔습니다.
봉수	공주는 아기를 법적 양자로 삼았고 그의 이름을 모세라고 지어주었지요.
봉희	봉수야, 그런데 너 모세가 무슨 뜻인지 아니?
봉수	그럼, 알지.
봉희	확실해? "모세"가 무슨 뜻인데?
봉수	바구니란 뜻이지. 소쿠리, 상자, 아기 담는 그릇.
봉희	그런 뜻이 아니야. "모세"란 말은 유대 말 그대로 "물에서 건졌다"는 뜻이야. 공주가 아기를 물에서 건졌기 때문에 이름을 모세라고 지어준거야.
봉수	그러니까 지금 같으면 떠다니는 나무, 유목(流木)아기라고 불러야겠구나.
봉희	그럴지도 모르지.
봉수	애굽인들과 궁에서 왕자로 자란 모세는 성인이 되자 이스라엘 자기 민족과 함께 살기로 했습니다.
봉희	계속 궁에서만 살면 하나님으로부터 멀어질 것을 알았기 때문이지요.
봉수	(잠시 머뭇거린 뒤, 봉희에게) 봉희야, 너 이 이야기가 엄청 기막힌 얘기인 줄은 알고 있니?
봉희	물론 알고 있지.

봉수	그런데 궁금한 게 있어.
봉희	뭔데?
봉수	모세에게 노 젓는 법을 가르쳐준 사람은 누구야? 그의 누나?
	엄마? 아니면 공주?
봉희	그만하자, 봉수야.
함께	이상입니다.

8

재앙의 대가

근거 출애굽기 5-12장

배경 애굽 왕이 하나님 백성을 노예생활에서 풀어주기를 거부하자 하나님께서는 애굽 땅에 내린 일련의 재앙을 통해 그의 백성을 해방시킨다. 이로서 하나님께는 영광을, 그의 백성에게는 자유를 가져온다.

이스라엘 사람   거의 400년 동이나 우리는 노예생활을 했습니다. 그러던 중 모세와 아론 형제가 나타나서 하나님께서 우리를 해방시키려고 하신다는 소식을 알려주었습니다.

애굽 사람   이스라엘 민족은 오랫동안 골치 아픈 종자였습니다. 이들은 모든 재앙을 하나님이 내린 것으로 주장했지만 그 재앙들은 자연발생적이었고, 단지 이상하리만큼 우연하게 동시다발로 발생한 것이라고 우리는 스스로 다짐했습니다.

이스라엘 사람   모세는 이번에 내리는 재앙이야말로 최후의 재앙이고 지금까지 내린 재앙 중 최악의 재앙이 될 것이라고 했어요.

애굽 사람   그들의 하나님께서 과연 모든 것을 통제하고 있다고는 생각지 않습니다. 우린 그들의 신도 두려워하지 않았고 이스라엘 민족도 두려워하지 않았습니다.

이스라엘 사람   모세는 우리에게 설명해주었어요. 양고기 음식을 특별히 준비하고 양을 죽인 피를 문설주에 바르면 우리는 구원을 받는다고 했습니다.

애굽 사람   우리도 그런 소문을 들었지요. 해질 무렵 이스라엘 백성은 모두들 양을 잡아서 저녁을 먹었습니다.

이스라엘 사람   우리는 유월절 양고기를 먹고 모두 차분히 기다렸습니다.

애굽 사람 우리도 대문을 닫고 기다렸지요.

이스라엘 사람 자정이 막 지나자 여기저기서 비명소리가 온 거리에 울려 퍼지기 시작했습니다.

애굽 사람 자정이 막 지나서 나는 내 아들을 살피러 방에 들어갔습니다.

이스라엘 사람 하나님께서 말씀하신 그대로 일이 일어난 것입니다.

애굽 사람 안 돼! 안 돼! 오— 내 아들— 이럴 수가!

이스라엘 사람 하나님의 말씀대로 애굽 사람의 첫 아들은 모두 죽었습니다!

애굽 사람 오 내 아들— 내 아들! 내 아들이 죽었어요!

이스라엘 사람 하나님은 만사를 통제하고 계셨습니다. 하나님은 우리 이스라엘 편에 계셨습니다.

애굽 사람 우리 애굽 역사에 그날 밤처럼 그렇게 울고 그렇게 슬픈 때는 없었습니다.

이스라엘 사람 물론 애굽 사람들이 하나님을 거부한 까닭에 그처럼 끔찍한 재앙을 스스로 받게 되어 우리도 슬펐지요. 그러나 이제는 우리의 기나 긴 노예생활이 끝날 것을 알았기 때문에 조금은 행복했습니다.

애굽 사람 우린 이스라엘 민족이 눈앞에서 사라져주기를 바랐습니다. 영원히, 아주 영원히! 그들의 신은 너무나 무섭고 강력했습니다.

이스라엘 사람 하나님께서는 우리를 구해주셨어요. 우린 마침내 자유의 몸이 되었습니다!

9

모세: 사막의 왕자

근거 출애굽기 1-20장, 32-34장

배경 출애굽기의 출애굽을 말하는 "Exodus"는 "출발"을 의미한다. 이는 이스라엘 역사의 가장 중요한 사건으로 이스라엘 백성이 종살이 하고 지내던 애굽 땅을 벗어나서 새 출발하는 의미이다. 하나님께서는 그의 백성을 해방시키고 이 민족을 통해서 미래의 희망의 국가로 형성한다. 하나님께서는 모세를 도구로 사용하시는데, 모세는 처음에는 이를 두려워했으나 하나님의 용맹스러운 종이 되었다.

이스라엘 사람   도저히 믿을 수가 없어! 우리가 덫에 걸린 거야! 피할 길 이 없잖아! 우리 등 뒤에는 고약한 애굽 병사들이 쫓아오고 앞에는 바다가 놓여있으니! 아이고 이젠 죽었구나! 정말 무 서워 죽겠네!

애굽 사람   옳거니, 우린 이스라엘 놈들을 덫에 걸었어! 빠져나갈 길이 없고말고! 애굽의 군인인 나는 이스라엘 사람들이 미워죽겠 거든! 드디어 이자들을 몽땅 쓸어 없애버릴 기회가 왔구나.

이스라엘 사람   모세가 우리 앞에 우뚝 서서 말했어요. "두려워 말라! 하 나님께서 우리를 위해 싸우신다!" 난 생각했지요. 암, 당신은 그렇게 말하지만, 우린 이제 끝났어. 패배하고 말 것이다!

애굽 사람   이번에는 저들의 신도 별수 없구나. 결코 구해내지 못할 거 야! 못하고말고! 저 놈들은 다 망했다!

이스라엘 사람   그런데 그때에 모세가 손에 들고 있던 지팡이를 들어 올 리자 바다물이 양 옆으로 갈라지는 게 아니겠습니까! 아니 이럴 수가!

애굽 사람   와장창 터지는 소리가 들렸는데, 내 기억으로는, 이게 무슨 소리냐? 저건 또 뭐냐? 어찌 된 거냐? 그건 엄청나게 밀려

들어오는 파도 소리였다니!

이스라엘 사람　　내 옆에 섰던 사람이 말했어요. "이건 하나님의 역사야! 하나님께서 하시는 일이야!" 나도 동의했지요. 달리 설명이 안 되니까요. 우린 급히 건너갔는데, 너무나 멋있었어요! 우리가 지나는 바로 옆에서는 물고기들이 헤엄치는 광경이 근사했거든요. 물고기들아, 물고기들아 어디 한번 만져보자!

애굽 사람　　저자들이 바다 한가운데로 지나가고 있다니! 이건 생각보다 쉬운걸! 그대로 쫓아가기만 하면 되는 거잖아! 자, 어서 쫓아가자!

이스라엘 사람　　물 사이로 걷는 건 마치 수족관 사이로 걷는 것 같단 말이야. 그때는 수족관이란 게 없던 시절이지만.

애굽 사람　　우리는 꼭 수족관 사이로 걷는 기분이 들었다니까. 당시에는 수족관이 없었지만.

이스라엘 사람　　우리가 물 벽 사이를 통과하고 있는데 우리 뒤를 쫓아오고 있는 게 누구겠어요? 물고기들이 아니라 애굽 병사들이었어요! 야, 이놈들아, 이건 아니다! 우리 하나님께서는 너희들이 따라 오는 걸 반가워하지 않으셔! 그러나 그들은 어찌되든 열심히 따라오고 있질 않겠습니까! 그런데 무슨 일이 일어난 줄 아세요?

애굽 사람　　요놈들아! 우리도 따라간다!

이스라엘 사람　　바다물이 그들 머리 위로 왈칵 쏟아지는 거였어요!

애굽 사람　　어— 어— 어—

이스라엘 사람　　그자들은 머리 위에 쏟아지는 물을 보지도 못했지요.

하나님께서 우리를 지켜주셨어요. 난 하나님에 대한 믿음을
갖고 있었던 모양입니다.

애굽 사람　(*수영하는 시늉을 한다.*) 아이고, 안 되겠어. . . .

이스라엘 사람　하나님께서는 상황을 지켜보면서 통제하신 거지요. 오늘
날도 여전히 하나님께선 우리를 지켜보면서 감독하고 관리
하고 계십니다.

애굽 사람　(*계속 허둥대며 헤엄치듯*) 사람 살려요! 누구 구명조끼 없
어요!

10

여호수아: 하나님의 정탐꾼

근거 민수기 13-14장, 신명기 31장:1-8, 여호수아 1장

배경 모세 이후 가나안 정복을 위해 세운 지도자가 여호수아이다. 여호수아에 기록된 중요한 사건으로는 요단강을 건너는 일, 여리고 성의 함락, 아이 전투, 그리고 하나님과 그의 백성 사이의 새로운 언약이 담겨 있다. 여호수아의 가장 잘 알려진 선포는 "너희 섬길 자를 오늘 날 택하라. 오직 나와 내 집은 여호와를 섬기겠노라"(여호수아 24장:15)이다.

아론과 모세는 이스라엘 민족을 노예생활에서 해방시키기 위해서 하나님께서 사용한 일꾼들이다. 약속의 땅 근처에 도달했을 때 모세는 그곳을 살피고 오도록 열두 명의 정탐꾼을 보냈다. 그중 열 명은 하나님을 불신하고 백성들에게 하나님께서 이스라엘 백성을 돌보지 않는다고 선동했다. 하나님께서는 그런 이스라엘 백성을 용서했으나 이들이 선택한 결과는 광야에서 죽는 일뿐이었다. 이 대본에서 여호수아는 하나님의 백성을 약속의 땅으로 인도하는 사명을 감당한다.

여호수아　이제 다시 요단강으로 되돌아왔습니다. 아이고, 힘드네요. 이곳에 처음 왔을 때 생각이 나는군요. 그때는 내가 젊었었지요. 모세 형님이 나하고 내 친구들 열한 명을 불렀어요.

영수　(*모세 역을 한다.*) 자, 자네들한테 맡길 아주 중요한 임무가 있네. 저기 강 건너 가나안 땅으로 몰래 들어가서 그곳을 정탐하고 오는 일이야. 부디 조심들 하고. 하나님께서 너희들과 함께 하시기를 빈다.

여호수아　그래서 우리는 강을 건너 40일 동안 그곳을 샅샅이 살폈습니다. 무엇을 어디를 어떻게 살펴야 하는지 모세 형님이 우리에게 자세히 일러주었으니까요

영수　(*모세 역을 계속한다.*) 거기가 어떻게 생긴 곳인지, 비옥한 땅인지, 인구는 많은지, 도시 전체가 성벽으로 쌓여있는지, 점령하기 쉬운 곳인지 어떤지 자세히 살펴보고 오기 바란다.

여호수아　우리는 출발했지요. 그곳을 둘러보았고 땅의 성질도 도시도 모세 형님이 지시한 대로 다 살펴보았습니다. 어느 날 갈렙이

나에게 한 말이 기억나는군요.

영수   (*흥분한 갈렙 역을 한다.*) 여호수아! 이 땅이 얼마나 좋은 곳
인지는 사람들 앞에서 말할 때까지 기다리자! 굉장한 곳이
지? 젖과 꿀이 흐르는 참으로 아름다운 땅이야! 우리 하나님
께서는 정말로 약속을 지키시는 분이구나!

여호수아   그런데 다른 친구들은 갈렙이나 나처럼 흥분하지 않았거든
요. 르홉 시에 도착했을 때 거인 같은 사람들이 우리 눈에
들어왔어요. 사실 정탐꾼들은 그 큰 도시를 보고 놀랐고 또
그곳 사람들이 수문장 거인만큼이나 크다보니 우린 모두 정
신이 나갔거든요.

영수   (*거인을 올려다보고 놀라워하는 정탐꾼 역을 한다.*) 아이고,
이게 뭔 일이야! 우린 절대로 이 도시를 점령할 수 없겠어.
저 거인들을 어떻게 이긴단 말인가? 우린 이제 죽었다. 저들
의 밥이다!

여호수아   결국 우리는 모세 형님과 이스라엘 백성이 있는 광야로 돌아
왔습니다. 그때에 정탐꾼 한 명이 말했지요.

영수   (*공포에 질린 정탐꾼 역으로*) 모세 형님! 우린 형님이 시킨
대로 했어요. 땅도 도시도 전부 살펴보았고 나무에 열린 열
매도 가져왔어요. 이 포도송이 좀 보세요. 포도알이 야구공
만큼이나 커요! 사람들이 얼마나 크고 힘이 센지— 우와, 질
렸어요! 우린 오갈 데 없는 그 사람들 밥이에요!

여호수아   그때 저의 절친 갈렙이 말했습니다.

영수   (*갈렙 역으로*) 그렇지 않습니다. 저들이 우리 밥입니다. 전진

	합시다! 계속 나아갑시다! 두려워할 필요가 없어요. 우린 저들을 얼마든지 상대할 수 있어요! 능히 이길 수 있습니다!
여호수아	그런데 다른 정탐꾼 친구들이 갈렙을 가로막았습니다. 거기 사람들은 우리가 상대할 수 없이 무지무지 크고 강하다는 소문을 퍼트렸어요. 그들과 비교하면 우린 메뚜기에 불과하다는 겁니다. 그때부터 모든 게 내리막길로 다 주저앉았고, 우리의 행진은 수포로 돌아갔습니다.
영수	(*이스라엘 백성으로*) 모세! 당신은 왜 우리를 애굽에서 끌어낸 거요? 우린 여기서 앉아죽게 생겼잖아! 당신도 아론도 다 그만두고 집어치워! 우린 새 지도자를 뽑아서 애굽으로 돌아갈 테니까!
여호수아	그래서 모세와 아론은 여호와께 기도하고, 내 친구 갈렙과 나는 옷을 찢고 우리의 슬픔을 보여주었어요. 우린 사람들에게 그 땅이 얼마나 좋은지 설명하고 하나님께 반항하면 안 된다고 했습니다. "여호와는 우리와 함께 하신다! 두려워 말라!" 모세는 외쳤어요. 그런데도 백성들은 우리말을 통 듣지 않고 우리를 아예 죽이겠다고 떠들어댔습니다!
영수	(*화가 난 이스라엘 백성으로*) 갈렙과 여호수아를 없애버리자! 아론이고 모세고 다 집어치우고 잊어버려라! 열 명의 정탐꾼은 갈 수 없다 하고 두 명은 가도 된다고 하면, 어느 쪽 말을 들어야겠는가? 열 명의 얘기가 맞아. 우린 결코 저 땅을 가질 수 없어! 저 거인들하고 싸우면 우린 다 죽고 말거야!
여호수아	바로 그때 일이 일어났습니다. 하나님의 영광이 모두에게

나타났어요.

영수　이크!

여호수아　사랑의 하나님께서는 모세에게 이스라엘 백성을 용서하지만, 반항의 대가로 이들은 약속의 땅에 못 들어간다고 말씀하셨습니다.

영수　(*모세 역을 한다.*) 하나님께서는 너희가 모두 이 광야에서 죽을 것이라고 말씀하신다. 정탐꾼 열 명이 정탐한 40일을 하루를 일 년씩 쳐서 40년 동안 너희들은 이 광야에서 방황할 것이라고 하신다.

여호수아　그런데도 백성들은 여전히 말귀를 못 알아듣고, 무슨 뜻인지 이해를 못했습니다. 모세를 원망하고 가나안 땅에 대하여 악평한 자들은 다 재앙으로 죽었습니다. 그리고 세월이 지난 후—

영수　(*이스라엘 백성으로*) 자, 이제는 때가 되었다. 가나안 땅으로 가자! 이제는 준비가 됐고 저 사람들을 이길 수 있어. 저자들은 우리 손에 다 죽었어!

여호수아　그러나 모세는 백성들에게 경고했습니다. 하나님께서 편들어주지 않으실 것이니 가지 말라고 경고했습니다. 가면 실패한다고 했지만, 백성들은 모세의 말을 안 듣고 싸우러 갔답니다.

영수　(*이스라엘 백성으로*) 모두들 싸우러 가자! 저 땅을 정복하자!

여호수아　모세의 말대로 전쟁의 결과는 승리가 아니라 참패였습니다.

영수　저런!

여호수아	전쟁에 지고 수많은 백성들이 생명을 잃었습니다.
영수	아이고— 정말 그들 밥이 되고 말았구나!
여호수아	그래서 다시 이 요단강으로 오게 된 거지요. 40년이 지난 오늘 나하고 갈렙, 이렇게 둘만 남았어요. 백성들은 몽땅 이 광야 어딘가에서 다 죽었습니다. 모세가 하나님 말씀을 순종하고 믿으라고 했건만, 불순종한 결과이지요.
영수	(모세가 되어) 나 모세가 말하는데, 너희들은 강하고 담대하라! 두려워하지 말라! 여호와가 너희와 함께하신다! 너희를 절대 떠나지 않으시고 결코 너희를 버리지 않으신다!
여호수아	그건 바로 하나님이 오늘 나에게 하신 말씀과 비슷합니다. 그래서 난 지금 두 명의 정탐꾼을 여리고 도시에 보내어 살펴보도록 할 것입니다. 그러나 난 백성들에게 사흘 뒤면 우리는 요단강을 건넌다고 이미 말했지요—
영수	그래, 하나님께서는 어디를 가나 항상 너와 함께하신다!
여호수아	정탐꾼들이 저곳 여리고에서 무엇을 보고 무엇을 발견하든—
영수	저 땅으로 가서 여호와를 믿어라!
여호수아	하나님께서는 언제나 우리 편이시고 그 누구도, 그 무엇도, 우리를 멈추게 할 수는 없다. 지금도 그렇고 언제까지나, 영원히!

11

라합: 용감한 이방 여인

근거 여호수아 2장

배경 사막에서의 40년에 걸친 유랑생활 이후 여호수아는 하나님의 백
성을 약속의 땅으로 인도할 준비가 되었다. 요단강을 건너기 전
그는 두 명의 정탐꾼을 여리고 시로 보내어 전략상 그곳의 중요
한 정보를 알아오도록 하였다. 도시에 들어간 두 사람은 라합이
라는 기생집에 머문다. 라합은 진정한 유일신 하나님에 대한 신
앙이 있었고(히브리서 11장:31) 그녀가 이스라엘 정탐꾼들을 보
호해줌으로써 그녀의 신앙을 행동에 옮겼을 때 여호와는 매우 기
뻐하셨다(야고보서 2장:24-25).

- 형식: 인터뷰
- 화자 ┌ 라합: 과거의 기생. 이스라엘의 하나님을 믿고 그녀가 사
　　　　　는 여리고 시를 정탐하러 온 두 명의 이스라엘 정
　　　　　탐꾼을 숨겨주고 보호한 여인.
　　　└ 나어봉: 별로 똑똑하지 못한 TV 대담진행자

어봉　안녕하십니까? SBC, 새한 미래방송의 〈운명을 바꾼 여인들〉
　　　프로그램 진행자 나어봉입니다. 오늘의 특별 손님은 라합 여
　　　사이십니다. 어서 오십시요, 여사님. 반갑습니다. 허허허.

라합　이름이 어벙이라고 하셨나요?

어봉　아, 어봉, 벙이 아니라 봉입니다. 나어봉. 허허허.

라합　(혼잣말로) 싱거운 사람이네. 이름이 어울려 보여.

어봉　허허. 〈운명을 바꾼 여인들〉 쇼에 나와 주신 것을 진심으로
　　　환영합니다. 자, 그건 그렇고, 시청자 여러분, 오늘의 특별
　　　손님 라합 여사님을 소개합니다. 여사님, 함께해주셔서 감사
　　　합니다.

라합　고마워요. 이렇게 나오니 좋군요.

어봉　여사께서는 대단한 모험을 하셨다지요? 허허허.

라합　네, 그랬어요.

어봉　그때의 이야기를 좀 들려주시지요. 저희 시청자들께서는 남
　　　들이 들어보지 못한 내막을 듣고 싶어 합니다.

라합	난 직업을 갖고 있었어요. 별로 좋은 직업은 아니었지만.
어봉	어떤 직업이었나요? 유명인과의 인터뷰 프로를 맡으셨나요? 아, 농담입니다. 허허허.
라합	말하자면 여러 남자들과 따로따로 데이트하는 직업이었어요.
어봉	오—오—
라합	결혼은 하지 않을 그런 상대로 말이지요.
어봉	오—오—
라합	그 남자들은 부인이 다 있었으니까요.
어봉	아, 알겠어요. 직업이— 허허허.
라합	굳이 따지자면, 황진이 과라고 할 수 있지요.
어봉	예, 그렇군요. 황진이 계통이라— 허허허.
라합	어쨌든, 내 직업이 하나님을 기쁘게 해드리지는 못했어요. 그렇지만 그게 그 당시 내가 하는 일이었지요.
어봉	그래서 어떻게 마음을 바꾸게 되셨나요? 시청자들이 매우 궁금해 합니다!
라합	그건, 그때 내가 여리고 시에 살고 있었는데—
어봉	열리고 시라고요? 공기가 얼마나 신선했을까요? 멋있는 이름이네요.
라합	열리고가 아니고 여리고요, 어봉 씨. 여리고는 도시 전체가 성벽으로 쌓인 난공불락의 성이었지요. 난 성 안에 살고 있었어요.
어봉	아 그런 줄 알았어요.
라합	뭘 그런 줄 알았다는 거지요?

어봉	다 아시면서—
라합	내가 무얼 아는데요?
어봉	*(혼란해 하면서)* 네, 그게, 그게 저— 그런 것 같습니다.
라합	댁이 무슨 말을 하고 있는지 알 수가 없군요.
어봉	성벽, 도시, 적, 오—오—
라합	그래요. 어느 날 군인들이 찾아왔어요.
어봉	키가 크고 잘 생긴 사람들이었나요? 허허허.
라합	기억이 없는데요.
어봉	오오—
라합	기억나는 건 군인들이 두 명의 정탐꾼을 찾고 있었다는 거지요.
어봉	오! 정탐꾼들은 키가 큰 꽃미남이었나요?
라합	아— 그렇지는 않았어요.
어봉	실망하셨겠네요. 그렇지만, 정탐꾼들을 숨겨준 건 여사님이었잖아요, 그렇지요?
라합	그럼요. 그 사람들은 아마삼 더미 속에 있었어요.
어봉	아마삼? 그게 뭔데요?
라합	아마삼은 실을 뽑을 수 있는 식물줄기예요.
어봉	아마삼 더미가 있었군요.
라합	맞아요.
어봉	아마삼 덩어리가 아니고요?
라합	지금 무슨 말을 하고 싶으신 거지요?
어봉	나도 모르겠어요. 허허허.

라합	오—
어봉	그래서 어떻게 되었는지 들려주세요. 겁이 나셨나요? 오— 흥분되고 스릴 있는 순간입니다. 위험했나요? 낭만적이었나요?
라합	두렵지는 않았어요. 난 이스라엘 신이 더 두려웠습니다.
어봉	아마삼 더미보다요?
라합	아니요. 여리고 군인들보다요.
어봉	아— 그럼 제가 추측해볼게요. 정탐꾼들이 여사님을 유괴했지요?
라합	아닌데요.
어봉	그럼 그 사람들이 여사님께 덤벼들자 여사님이 태권도 검은 띠로 실력을 보여주셨나요?
라합	태권도 검은 띠는 없어도 내겐 붉은 끈이 있었지요.
어봉	태권도 붉은 띠요?
라합	태권도에 붉은 띠도 있어요? 아니요, 아마삼 줄기였어요.
어봉	아이고, 또 아마삼 얘기로군요. 허허허.
라합	난 내가 살고 있는 집의 위치를 알리기 위해서 붉은 끈을 창밖에 매달아 두었던 거지요.
어봉	그 사람들이 다시 오면 피자집에도 가고 영화도 함께 보려고 그러셨지요?
라합	아니요. 그들이 여리고 시를 공격하러 올 때 우리 집을 알아보는 표시로 나와 내 가족을 죽이지 않도록, 그렇게 한 것입니다.

어봉	그건 저의 그 다음 추측이었는데요.
라합	그래서 아무튼 난 정탐꾼들이 도망갈 수 있게 도와주었어요.
어봉	왜 도와주었는데요?
라합	그들의 신이 우리 도시를 무너트릴 것을 난 알았거든요. 그들의 하나님이 이 세상의 주인인 것을 알았어요. 이스라엘 백성이 애굽에서 나올 때 홍해 물을 마르게 하고 아모리 사람의 두 왕도 전멸시킨 일을 듣고 나서 난 완전히 정신을 잃었거든요. 그 하나님이 천지에 유일한 하나님임을 알았던 겁니다.
어봉	그렇군요. 여사님 감정이 그렇게 풍부하신 걸 보니 시 한 수쯤 절로 읊으시겠어요. 과연 황진이 라인이 틀림없으시군요. 그래서 어떻게 되었나요?
라합	그래요. 난 정탐꾼들을 아마삼 줄기더미 속에 숨겼지요.
어봉	아마섬, 네, 줄기더미 속에 말이지요.
라합	나는 두 정탐꾼이 날 방문한 후 도망갔다고 여리고 군인들에게 말했어요.
어봉	그래서 여사님이 하나님의 백성을 보호했다고요?
라합	그렇지요. 그래서 그 대가로 그들이 공격하러 왔을 때 날 보호해주었고 내 가족을 해치지 않았어요.
어봉	시청자 여러분, 잘 들으셨지요? 라합 여사가 정탐꾼들을 아마삼 줄기더미 속에 숨기고 그들이 도망가는 것을 도왔습니다.
라합	맞아요.

어봉	시청자 여러분 감사합니다. 다음번 〈인생을 바꾼 여인들〉 시간을 기대해주시기 바랍니다.
라합	아, 한 가지 꼭 기억해주세요, 나어봉 씨. 내 인생을 바꾼 건 내가 한 게 아니고 하나님이 하신 일입니다.
어봉	하나님이 하셨다고요?
라합	네, 그분은 어봉 씨도 돌려놓을 수 있어요.
어봉	나를 돌려놓아요? 내 머리가 어지럽지 않을까요?
라합	아니요. 그건 뇌에 이상이 있을 때 나타나는 현상이지요. 어봉 씨한테 뭔가 이상한 점이 있어 보이긴 합니다만.
어봉	고맙습니다. 허허허.

12

드보라: 여장군

근거 사사기 4-5장

배경 사사기는 가나안 정복 후 이스라엘 최초의 왕이 있기 이전까지 일어난 사건들을 기록한 이스라엘 역사이다. 사사기의 교훈은 이스라엘의 생존은 하나님에 대한 순종에 달려있고 불순종은 파멸을 가져온다는 메시지이다. 그러나 더 큰 의미는 백성들이 불순종하여 파멸을 불러올 때에도 백성이 회개하고 돌아오면 하나님은 언제나 구해줄 준비가 되어있다는 사실이다. 이스라엘 백성은 패역-후회-회개의 굴레에 갇혀있었다. 이들이 하나님께 반항하고 후회하고 회개하고, 그리고 매번 하나님께 얼굴을 향할 때마다 하나님께서는 이들을 위하여 지도자 사사를 세워주셨다. 드보라는 사사기에 기록된 유일한 여성 사사이면서, 예언자요, 정치적 지도자요, 시인이었으며, 하나님의 백성을 전투장에 인솔함으로써 용맹을 보여준 군대의 전략가였다. 여성이 군대의 지도자가 되는 일은 그 시대에 흔치 않았다. 그녀는 오직 하나님을 섬기고 높이는 데 모든 재능을 사용하였다.

- 형식: 2인극
- 화자: 봉희, 봉수

봉희   오늘의 이야기를 이해하려면 어느 쪽 사람이 좋은지 알아야 해.

봉수   난 이미 알고 있어.

봉희   그게 누군데?

봉수   박지성, 이승엽.

봉희   그 사람들은 이 이야기에 나오지 않아. 그런 인물은 없어.

봉수   왜 없어?

봉희   성경에 나오는 인물은 옛날 사람들이니까.

봉수   아, 그럼, 이순신, 세종대왕.

봉희   여기 등장하는 좋은 사람들은 이스라엘 사람들이야.

봉수   이스라엘 사람들은 항상 좋았어?

봉희   그렇지는 않았지.

봉수   전부 남자들이야?

봉희   아니.

봉수   이스라엘 사람들이 다 좋은 건 아니었군. 전부 남자도 아니었고.

봉희   아니었지. 나쁜 자들은 가나안 사람들이었어.

봉수   가난한 사람들이 나빴다고?

봉희	가난한이 아니고 가나안이라는 지역 이름이야. 그곳 왕 이름이 야빈이었고 군대장관은 시스라였는데, 900개의 철병거를 이끌고 이스라엘 백성을 공격했지.
봉수	시스라는 가나안의 고약한 사람이었구나.
봉희	그런 셈이지.
봉수	900대나 되는 철병거가 있었다니!
봉희	이스라엘 지도자는 드보라라는 여자였어. 드보라는 예언자였고 사사였고 백성의 지도자였지.
봉수	우와, 대단한 여자였구나.
봉희	멋진 여자였지. 이스라엘 백성은 시스라를 물리칠 수 있게 해달라고 하나님께 도움을 청했거든. 그래서 드보라는 바락이라는 남자를 군대장관으로 불러들였단다.
봉수	버락 오바마?
봉희	그건 나도 몰라. 이름이 그냥 바락이라고만 했어. 드보라는 바락에게 다볼산으로 만 명의 군사를 데리고 올라가라고 하면서, "내가 시스라를 강 쪽으로 유인할 터이니 당신은 그때 그를 공격하라." 그렇게 명했지.
봉수	아이고, 위험했겠다.
봉희	바락이 하는 소리 좀 들어봐. "당신과 함께라면 가지만, 당신이 같이 안가면 나는 안 갑니다."
봉수	연인 사이였나?
봉희	연인이 아니라, 바락은 겁쟁이 어린애 같았던 거지. 드보라는 "좋습니다. 내가 같이 가서 이 전투에 이기면 당신은 상을

받지 못하고 그 명예는 여인에게 돌아갑니다"라고 말했지.

봉수 여성 파워였군!

봉희 그래서 바락이 일만 명의 군사를 데리고 왔어.

봉수 잠깐. 그러니까 한 명의 여인이 일만 명의 군사를 지휘했다는 말이야?

봉희 그렇지. 시스라는 이 소식을 듣고 자기 군대를 준비시켰어.

봉수 육해공군이 하늘로 지상으로 물밑으로 핵폭탄을 날랐겠구나!

봉희 그런 무기들은 그때는 없었어. 그들이 소유한 900대의 철병거가 등장했지.

봉수 하나님은 이스라엘 좋은 사람들 편에서 싸우셨겠지.

봉희 물론이지. 그래서 가나안 군대를 전멸시켰지. 시스라는 도망가서 야엘의 텐트에 숨었거든. 야엘에게 마실 물도 청했는데, 야엘은 시스라에게 물 대신 우유를 주었어. 허기를 달랜 그가 잠이 들자 야엘이 긴 텐트 막대기를 들고 와서—

봉수 스톱. 그 부분은 으스스 끔찍하지?

봉희 응. 끔찍해.

봉수 끔직한 장면은 내가 맡을게.

봉희 네가 하겠다고? 어디 말해봐, 그럼.

봉수 야엘은 텐트 말뚝으로 시스라의 머리를 땅에 박아버렸다! 말뚝은 머리를 뚫고 바닥에는 피가 낭자하고, 피가 철철 흘러 . . .

봉희 됐어. 됐어. 그만해도 돼.

봉수 시스라는 이젠 철병거를 타지 못하겠구나. 드보라는 전투에 대해서 하나님을 찬양하는 노래를 지었다며?

봉희   그랬어. "주의 대적은 망하게 하시고 주를 사랑하는 자는 태
        양이 힘차게 솟는 것 같이 하시옵소서" 하는 노래지.

봉수   멋지다. 완전히 여자들이 대세였잖아!

봉희   그렇다고 할 수 있지. 드보라는 바락 같은 겁쟁이가 아니었
        으니까. 드보라는 어떤 적들보다도 하나님이 강력하다는 사
        실을 모든 사람들이 알기를 원했던 거야.

봉수   그래서 그 후 40년 동안 평화로웠으니까 잘된 일이구나. 시
        스라 머리는 빠개져서 방바닥에 피가 철철 넘쳐흘렀고―

봉희   징그러워. . . . 그런 말은 그만하고. 이 얘기는 여기서 끝
        내자.

봉수   알았어. 오, 여자여!

13

기드온: 믿기지 않는 영웅

근거 사사기 6-7장

배경 하나님께서는 이스라엘 백성을 이끌기 위해 기드온을 선택했다. 그가 경험 없는 지도자일지라도 하나님께서는 특별한 목적으로 그를 선택하여 능력을 부여하셨다. 미디안 족은 7년 동안 이스라엘 민족의 양과 소와 작물을 파괴하면서 이들을 괴롭혔다. 드디어 이스라엘 사람들은 하나님께 큰 소리로 부르짖었고, 하나님께서는 이들이 그의 말에 순종치 않았기 때문이라고 설명하셨다. (사사기 6장:10) 그 후 하나님의 천사가 수줍고 겁 많은 기드온에게 나타나 그로 하여금 이스라엘 백성을 미디안의 손에서 자유롭게 인도하도록 하였다.

봉희　옛날 옛적에 기드온이라는 사나이가 있었습니다.

봉수　그건 나다!

봉희　어느 날 밀을 들까불고* 있었는데—

봉수　뭘 했다고?

봉희　밀을 공중에 던지고 있었다고.

봉수　별 이상한 소리도 다 듣네. 왜 멀쩡한 밀을 공중에 던져?

봉희　밀을 공중에 던져서 들까불고 있었단 말입니다.

봉수　못된 짓을 했구나.

봉희　내 말 들어봐. 그 사람은 한줌의 밀을 공중에 들어 올려서 왕겨를, 즉 찌꺼기를 골라내고 있었던 거야. 시리얼을 만들려고.

봉수　시리얼 좋지.

봉희　(*야구 모자를 쓰고 하나님의 천사로 나타나서 봉수를 돌아다본다.*)

봉수　당신은 누구십니까?

봉희　"난 하나님께서 보내신 천사다!"

봉수　야구모자는 왜 썼어요?

---

* 들까불다: (사람이나 사물이 무엇을) 키질을 하듯이 위아래로 몹시 흔들다.

봉희	난 천사단 팬이거든.
봉수	그렇군요.
봉희	"난 너와 함께 한다. 힘 있는 장사여!"
봉수	사람 잘못 보셨어요. 난 힘 있는 장사가 아니고 겁 많은 졸병인걸요. 아니 졸병도 아니고 밀 까부르는 사람이어요. 미스터 밀가루라고 불러주세요. 병사 축에는 절대 못 끼는 사람입니다.
봉희	(*관객을 향해*) 그렇다면 기드온이 정신 나간 모양입니다.
봉수	잠깐, 천사 씨, 궁금한 게 있어요. 하나님께서 정말로 우리와 함께 하신다면 우리의 적 미디안 족이 어째서 밤낮 우리를 공격하는 거지요? 대답해 봐요. 네? 왜지요? 밤낮 듣던 그 기적 이야기들은 어떻게 된 거냐고요? 하나님께서는 결코 우리와 함께 하시는 게 아닙니다. 천사 씨가 하는 말을 믿지 못하겠어요.
봉희	그래서 기드온은 그가 하던 일로 다시 돌아갔습니다.
봉수	(*더 많은 밀을 공중에 날린다.*)
봉희	그러나 하나님께서는 기드온에게 말씀하기를 "난 너를 싸우러 보내겠다! 내가 너에게 주는 힘으로 가서 너의 나라를 구하라!"
봉수	잠깐. 그 천사가 하는 말은 실제로는 하나님의 말씀인 거야?
봉희	물론이지.
봉수	하나님께서 화나신 게 아니었어?
봉희	물론 아니지.

봉수	왜 화가 나지 않으셨어?
봉희	기드온이 하나님을 의심했어도 하나님께서는 많이 참으셨어. 기드온이 이런 말도 했다니까
봉수	"그런 일을 내가 어떻게 할 수 있겠어요? 난 힘센 병사가 아닙니다! 난 그저 밀 타작하는 농부일 뿐입니다."
봉희	그러나 하나님께서는 그에게 말씀하셨지요. "내가 너와 함께 한다! 어서 떠나라! 넌 저들을 때려 참패시킬 것이다!"
봉수	무엇으로 때리라는 건가요? 왕겨로 때려요? 믿을 수 있는 증거가 될만한 뭘 좀 보여줄 수 없으세요?
봉희	(하나님처럼) "물론 보여주마."
봉수	네, 보여주세요.
봉희	기드온은 불에 염소 한 마리를 구웠어요.
봉수	맛있었겠다.
봉희	빵도 굽고. 그리고 하나님께서 말씀하셨습니다. (하나님처럼) "저기 있는 바위에 그것들을 모두 올려놓아라."
봉수	그 다음은요?
봉희	물러서 있어라.
봉수	(물러선다.)
봉희	그러자 하나님의 천사가 그것을 불로 다 태웠지요! 기드온이 말했습니다.
봉수	"우와— 바윗덩이가 뜨거워졌겠다."
봉희	아니야. 그렇게 말하지 않고, "아 내가 하나님을 대면하였구나!"

봉수	"아! 내가 하나님을 대면하였구나!"
봉희	"난 이제 죽었다!"
봉수	"난 이제 죽었다!"
봉희	그러나 하나님께서는 그에게 말씀하시기를, "걱정하지 마라. 난 너를 도우러 온 것이지 죽이러온 게 아니다. 넌 강한 병사가 될 거야."
봉수	병사, 그의 이름 미스터 밀가루!
봉희	그리고 하나님께서는 그에게 많은 증거를 보여주셨습니다. 하나님의 영이 그에게 임해서 . . .
봉수	드디어 준비가 완료되었습니다.
봉희	그래서 기드온은 32,000명의 군사를 모았습니다.
봉수	병사들이여, 싸우러 나갑시다! 승리합시다.
봉희	음— 봉수야, 근데 너 너무 앞서간다. 하나님께서 기드온에게, "병사 수가 너무 많으니 겁 많은 병사는 집으로 돌려보내라."
봉수	이봐요, 병사들, 어디로 가는 거요? 가면 안 돼요. 돌아와요. 대체 어디로들 가는 겁니까?
봉희	그래서 10,000명이 떠나고 22,000명이 남았습니다. 그래도 하나님께서는 준비가 아직 안 되셨고, 군사들을 고르고 또 골라서 300명만 남기셨습니다.
봉수	으음— 큰일이네! 고작 300명 군사로 내가 어떻게 전쟁을 이길 수 있단 말인가?
봉희	넌 이길 수 없지.

봉수	이길 수 없다고?
봉희	넌 없지. 하나님께서 이기시는 거지.
봉수	아 그래, 그렇다.
봉희	모든 전투를 하나님께서 기드온을 통해서 하시려는 거니까. 미디안을 쳐부수려고 하나님께서는 그만큼 수를 줄여놓고―
봉수	기드온 군사들은 대포와 패트리어트 미사일로 무장했습니다.
봉희	아니야. 항아리와 나팔로 무장했어.
봉수	항아리를 갖고 전투를 했단 말이야?
봉희	그랬다니까. 나팔도 한몫했지. 기드온은 병사들에게 명령했습니다.
봉수	나를 따르라! 내가 나팔 불면 너희도 따라서 나팔을 부는 거다. 그렇게 해서 적들을 불어버리는 거야! 완전히 날려버리는 거다!
봉희	그렇지. 병사들은 미디안 캠프로 들어갔습니다. 항아리를 모두 깨트리고 나팔을 불고 우렁차게 소리쳤지요.
봉수	"하나님을 위해서, 기드온을 위해서 모두 칼을 뽑아라!"
봉희	그러자 미디안 병사들이 그만 혼란에 빠져버렸습니다.
봉수	자기들도 덩달아 나팔을 불어댔답니다.
봉희	아닙니다. 그자들은 자기들끼리 서로 죽이기 시작했습니다. 그러니 전쟁은 하나님의 승리로 끝났지요.
봉수	멋진 장면이다! 잘 됐구나!
봉희	그러자 백성들은 기드온을 왕으로 삼고 싶어 했습니다!
봉수	아, 이리도 고마울 수가!

봉희	그런데 기드온은 그걸 원치 않았단 말입니다.
봉수	어— 왕 되는 게 싫대? 모두들 권력을 갖고 싶어 난리인데!?
봉희	기드온은 "난 당신들의 왕이 되지 않겠습니다. 당신들의 왕은 하나님이십니다!"
봉수	"난 당신들 왕이 되지 않겠어요. 당신들 왕은 하나님이십니다!"
봉희	그래서 마침내 그 나라에 평화가 왔습니다.

14

삼손: 힘센 영웅

근거 사사기: 13-16장

배경 삼손은 그에게 잘못한 자들을 복수하려고 애쓰고, 하나님께서는
그런 그를 하나님 백성의 적들과 싸우는 데 사용하신다. 사사기
시대에 하나님은 하나님의 영을 삼손이라는 한 남자에게 보낸다.
하나님의 영은 삼손에게 전도의 능력이나 또는 가르치는 재능 대
신 특별한 괴력을 은사로 주셨다. 때때로 삼손은 지혜롭지 못했고
하나님을 경외하는 선택을 하지 않았지만, 하나님께서는 그의 백
성을 구하기 위해 변함없이 계속 그의 힘을 사용하셨다. 히브리서
(11장:32)에 의하면 삼손은 위대한 신앙인으로 기록되어 있다.

```
┌─────────────────────────────────────────────────────────┐
│  • 형식: 해설형식                                          │
│  • 화자┌ 해설자: 삼손의 삶을 이야기해주는 여자 또는 남자      │
│       └ 삼손: 삼손의 시각에서 삼손 이야기를 들려주는 남자     │
└─────────────────────────────────────────────────────────┘
```

해설자	옛날 옛적에 하나님은 삼손이라는 사나이에게 엄청난 힘을 주셨습니다.
삼손	난 어릴 때부터 팔씨름대회에 나가서 져본 적이 없다니까. 나를 이길 상대가 없었어. 이만기도 추성훈도 어림없지.
해설자	삼손은 평생 머리를 깎지 않았습니다.
삼손	내 머리가 길어서 구경거리였지만 유신시대처럼 장발이라고 잡혀가지도 않았어. 시비 거는 사람도 없었고 날 조롱하는 사람도 없었고, 그건 내 근육만 보고도 다들 꼼짝 못하고 떨었으니까.
해설자	그건 확실했어요. 하나님께서는 삼손을 다른 지역의 여자 친구를 찾으러 보내셨습니다.
삼손	그 여자가 얼마나 귀엽게 생겼던지! 예뻐 죽겠어!
해설자	그녀를 만나러 가는 중에 삼손은 사자와 마주쳤는데, 으르렁 거리고 사자가 공중으로 날라서 달려들어 삼손을 산 채로 먹으려 했습니다.
삼손	요것 봐라! 고양이 같은 놈! 내가 그놈을 단번에 잡아서 찢어 놓았더니 창자가 밖으로 터져 나오더군. 고얀 놈!

해설자	으윽!
삼손	통쾌했지!
해설자	하나님께서는 삼손이 맺은 그 여자와의 관계를 이용해서 삼손이 적대자들과 다시 싸우게 만드셨습니다.
삼손	자, 덤벼라! 너희 모두 상대해주겠다.
해설자	삼손의 장인이 그를 거절하고 그 딸을 삼손의 친구에게 주었습니다. 이 때문에 삼손은 블레셋 곡식을 불태웠고, 블레셋 사람들은 이에 분개하여 삼손의 아내와 그 아비를 불태웠습니다.
삼손	너희들이 이렇게 나온단 말이냐? 오냐! 내가 갚아주마. 난 저 블레셋 놈들을 참을 수가 없어! 너희가 나한테 한 짓보다 몇 배로 훨씬 더 갚아주고 말 테니 두고 봐라!
해설자	하나님의 권능으로 힘이 세진 삼손은 천명의 못된 블레셋 군인들을 당나귀 턱뼈 하나로 전부 죽였습니다. 삼손은 모험을 많이 했고 온 땅에서 가장 힘센 자였지요. 무슨 일이 있어도 당한 일은 꼭 앙갚음 하고야 마는 것이 그의 성격이었습니다.
삼손	그때는 아직 총이란 무기가 발명되지 않았거든. 어쨌든 난 그날 너무 피곤해서 서있기도 힘들었지. 혼자서 일천 명을 상대한다는 게 쉬운 일은 아니니까. 목이 말라 죽는 줄 알았는데 죽지 않고 살았단 말이야. 하나님이 나를 사용하려는 또 다른 계획을 갖고 계셨거든.
해설자	그래서 삼손은 다른 여자를 만났습니다.

삼손	우와! 저 여자야말로 끝내주는 미모다. 미스유니버스 감이야!!
해설자	그 여자의 이름은 델릴라였습니다. 가수 조영남이 불러서 유명한 노래 〈딜라일라〉와 같은 이름이지요.
삼손	난 저 여자를 좋아한단 말이야.
해설자	델릴라는 누가 보아도 반할만큼 정말 예뻤습니다.
삼손	오, 같이 살고 싶은 델릴라여!
해설자	블레셋 사람들은 그 두 남녀가 데이트하는 것을 보고, 델릴라라면 삼손의 괴력의 비밀을 알아낼 수 있을 것을 확신했지요.
삼손	처음에는 가르쳐주지 않았어. 여자가 자꾸 졸랐지만 난 이렇게 저렇게 여러 번 거짓말을 꾸며댔지.
해설자	그러나 그 여자가 어찌나 강짜를 부리고 조르던지 삼손은 결국 버티지를 못했습니다.
삼손	알았어, 알았다고! 내 말해줄게. 내 힘의 원천은 바로 이 머리카락에서 나오는 거야. 괴력의 비밀은 이 머리카락에 있다고!
해설자	그날 밤 삼손이 잠든 사이에 (삼손은 코를 곤다.) 그의 적들이 침입하여 삼손의 머리카락을 싹둑 잘라버렸습니다.
삼손	오, 내 머리카락, 내 머리카락! 다 어디로 갔어?
해설자	침입자들은 델릴라에게 값을 지불하고 맥 못 쓰는 삼손을 옥에 가두었습니다.
삼손	오, 안 돼! 이건 아니야! 망할 놈들! 나쁜 자식들!
해설자	그가 옥에 있는 동안 세 가지 일이 일어났습니다. 그의 머리가 자라기 시작했고 (삼손이 머리를 쓰다듬는다.), 마음이

경건하게 변했고 (*삼손은 기도를 한다.*), 힘이 다시 솟아나는 것이었습니다. (*근력을 보여준다.*) 삼손은 하나님께 한 번 더 그에게 힘을 허락하실 것을 간절히 기도했지요.

삼손   하나님, 이 블레셋 놈들에게 원수를 갚게 해주십시오.

해설자   블레셋 사람들이 삼손을 조롱하기 위해 그를 옥에서 끌어내었습니다. 삼손은 건물을 지탱하는 기둥 사이에 서서, 두 기둥을 괴력으로 밀어내어 무너트렸습니다. 그곳에 있는 사람들이 건물 밑에 깔려 모두 죽었지요. 물론 삼손도 함께 죽었습니다. 삼손이 죽인 사람 수는 그가 살아 있을 때 죽인 수보다 몇 배나 더 많았습니다.

삼손   아— 아—

해설자   그러나 삼손은 하나님의 영웅으로 그의 이야기는 지금도 전해 내려오고 있습니다. (히브리서 11장:32) 삼손, 당신은 이 이야기의 교훈이 무언지 압니까?

삼손   여자 친구를 조심할 것. 아아— 그게 아니지. 잠잘 때 가위 들고 있는 여자 친구를 절대 믿지 말 것!

15

룻: 충직한 며느리

근거　룻기

배경　사사기의 이야기들은 하나님께 등을 돌릴 때 파멸을 보여준다.
그러나 룻기는 이방인이라 해도 이스라엘 하나님께 얼굴을 향하
는 그의 충직한 백성이 될 때 하나님의 축복을 받는 모습을 보여
준다. 평화로운 룻 이야기는 폭력적인 사사시대에 전개된다. 모
압 지방에 사는 동안 남편과 아들들을 잃은 나오미는 쓸쓸히 혼
자되어 비극적인 갖가지 사건을 경험하지만 하나님께서 그를 믿
는 자들의 미래를 축복해주시려고 등 뒤에서 움직이시는 것을
확인했다. 모압 여인 룻은 나오미의 아들과 결혼했다. 남편이 죽
자 남달리 효부인 룻은 시어머니 나오미를 따라 이스라엘로 간
다. 이스라엘의 하나님에게 깊은 헌신을 보여준 룻은 결과적으로
전 남편의 친족과 재혼하고 이를 통해서 이스라엘의 가장 위대
한 왕 다윗의 증조할머니가 된다. 룻이 보여주는 하나님에 대한
신앙과 가족에 대한 주저 없는 헌신은 신앙인의 모델이 되었다.

어두남   저는 세계적인 탐정 어두남입니다. (*확대경을 들고 둘러본다. 이때 룻이 등장한다.*) 이곳 베들레헴에서 이상한 여인이 몰래 탈곡장을 벗어나는 장면이 목격되었다는 보고를 받고 왔습니다.

룻   이보세요. 누굴 보고 이상하다는 거지요?

어두남   당신이 바로 그 여자인가요?

룻   제가 그 여자인 건 맞지만 . . .

어두남   그럼 인정하는군요.

룻   뭘 인정해요?

어두남   그게 바로 당신이었다는 사실을.

룻   제가 어쨌는데요?

어두남   지금 와서 부정하려는 겁니까? 벌 받지 않고 벗어나려고 회피하는 겁니까? 형법 제5조에 호소하시지?

룻   형법 제5조가 무언데요?

어두남   그건 나도 몰라요. 듣기에 공적이고 중요한 것처럼 들리지 않아요?

룻   댁은 대체 무슨 얘기를 하고 있는 거지요?

어두남   탈곡장에 있었지요?

롯   그래요.

어두남   거기는 왜 갔으며 그곳에서 무슨 짓을 하였나요? 한밤중에
         왜 그곳에 있었냐고요?! 당신은 남의 땅에 불법으로 침입했
         고, 벗어난 짓을 했고 더욱이 해서는 안 될 버릇없는 짓을 했
         어요. 탈선을 했다고요!

롯   난 벗어난 짓도 안했고 특별히 탈선행위도 하지 않았어요.
         그러나 탈곡장에 있었던 건 맞아요.

어두남   그렇군요. 바로 그게 당신이었군요.

롯   그렇지만 난 법을 어기지 않았다고요. 들어보세요. 이야기가
         좀 길기는 합니다만.

어두남   그럼 그 얘기가 영화로 만들어졌나요? 그런 얘기라면 난 영
         화로 보는 게 더 좋은데—

롯   영화로 나와 있는지는 모르겠어요. 내 말을 들어봐요. 보아스
         는 내가 아는 사람이었고 내가 탈곡장에 간 이유는— 그 사람
         하고 결혼하고 싶어 하는 내 마음을 알려주고 싶어서였지요.

어두남   아하! 아주 노골적이시네! 보기보다 저돌적인 형이십니다!

롯   저의 시어머니 나오미는 모진 삶을 사셨어요. 남편과 두 아
         들은 죽었고 삶이 고달프다 보니 하나님한테 화가 났지요.
         그중 한 아들은 제 남편이었어요.

어두남   그랬군요. 그게 다 하나님 탓이었군요. 수사선상에서 하나님
         을 고려해야겠네요.

롯   하나님 탓이 아닙니다. 우리가 죽는 건 하나님 잘못이 아니

지요. 죽음의 원인은 죄에 있습니다.

어두남   당신은 죽음의 원인을 안단 말입니까? 어떻게 죽었는지 안다고요? 그렇다면 사건은 해결된 셈이네요.

롯   댁은 지금 살인사건이라도 조사하는 건 아니겠지요?

어두남   그게 아니면 내가 여기 왜 있겠어요? 내가 여기서 지금 무엇을 하고 있는 거지요?

롯   탈곡장. 기억나요?

어두남   그래요. 탈곡장에서 한밤중에 내가 무얼 하고 있었는데요?

롯   탈곡장에 있던 사람은 댁이 아니고 내가 있었어요.

어두남   아하!

롯   탈곡장은 밀 쭉정이를 골라내고 먹을 수 있는 곡물을 준비하는 곳입니다. 아무튼 시어머니 나오미와 나는 베들레헴으로 와서—

어두남   아기 예수를 보려고요?

롯   으음— 예수님이 태어나시려면 아직 800년은 더 기다려야 하는데요.

어두남   그렇군요. 임신하고 있기에는 너무 긴 세월이군요.

롯   모압 지방에서 이곳으로 이사 왔을 때—

어두남   그럼 당신은 이곳 출신이 아닙니까?

롯   예, 아닙니다.

어두남   여권은 있어요?

롯   없어요.

어두남   아하! 불법입국자라!

룻	불법 뭐라고요?
어두남	불법입국자. 사람들이 그걸 뭐라고 하는지 아세요?
룻	모르는데요.
어두남	불법입국자가 되는 건 장난이 아닙니다. 심각한 일입니다.
룻	어쨌든 난 밀 이삭을 주워 모으려고 보아스 밭으로 갔어요.
어두남	밀을 훔치려 했단 말이지요? 이제 절도도 시인하는군요.
룻	그건 절도가 아니고, 그렇게 이삭을 줍게 되었어요.
어두남	당신이 이삭을 줍게 되었다고요?
룻	네. 시어머니 나오미와 나는 돈도, 직업도 없었고 달리 음식을 구할 방법이 없었으니까요.
어두남	컵라면도 없었어요?
룻	컵라면? 그게 뭐죠? 그런 건 없었어요. 그래서 시어머니가 나를 보아스 가까이로 보낸 것입니다.
어두남	탈곡장으로 보냈단 말이지요?
룻	그래요. 일이 그렇게 저렇게 진척되면서 어쨌든 보아스와 난 결혼했어요. 우리 사이에 아들이 태어났고, 우리 아기의 아기의 아기의 아기가—
어두남	800년 뒤에—
룻	네. 800년 뒤에 요셉을 낳았어요. 요셉은 마리아의 남편이었고 마리아는 예수의 어머니지요.
어두남	2000년 전에 베들레헴에서 태어난—
룻	댁한테는 과거가 될지 몰라도 나한테는 아직 미래지요.
어두남	그렇군요.

룻	그리고 시어머니 나오미는 우리 아기를 키우는 데 도움을 주셨고, 결국 하나님은 신실하시다는 사실을 알게 되었어요.
어두남	그 정도에서 이 사건을 마무리해야 할 것 같습니다. 그런데 아무래도 당신을 체포해야겠어요.
룻	왜요?
어두남	죄목은 많아요. 성경의 인물역할을 한 죄, 불법 입국한 죄, 남의 밭에 불법 침입한 죄, 도둑질한 죄, 보아스라는 이름의 남자와 결혼한 죄!
룻	아니, 그게 다 무슨 소리여요? 난 성경에 나오는 인물이에요. 물건을 훔친 적도 없고, 불법 침입한 적도 없어요. 그리고 보아스라는 남자와 결혼한 게 무슨 죄가 됩니까?
어두남	그건 나도 모르겠는데, 나라면 그 결혼은 하지 않을 겁니다.
룻	당연히 안 해야지요. 그런 일이 있어선 안 되지요.
어두남	알았어요. 당신은 이제 죄가 없습니다. 그런데 어떻게 해서 성경의 영웅이 되었습니까?
룻	영웅이 되었다고는 생각하지 않아요.
어두남	그렇지만 당신은 모든 일에 하나님을 믿었잖아요?
룻	맞아요. 믿었지요.
어두남	그 점이 당신을 신앙의 영웅으로 만든 것 아닌가요?
룻	하나님께서 절 사용하신 그 점이 기뻤을 따름이어요.
어두남	난 이 확대경을 갖고 있어서 기쁩니다.
룻	당신은 재밌는 사람이네요. 그거 아세요?
어두남	고맙습니다. 그런데 아첨하는 건 좋을 게 없어요.

16

다윗: 거인을 죽인 소년

근거 사무엘 상 16-17장

배경 이스라엘의 첫 왕은 사울이었고 두 번째 왕이 다윗이었다. 다윗 이야기는 하나님에 대한 순종은 성공을 가져오고 불충성은 파멸을 가져오는 이스라엘 구약의 내용과 같다. 하나님께서는 엘리 대제사장이 잘못을 범했을 때 그 촛대를 사무엘에게 옮기면서, "나는 나를 존중히 여기는 자를 내가 존중히 여기고 나를 멸시하는 자를 내가 경멸히 여기리라"고 하셨다. (사무엘상 2장:30) 이스라엘 백성의 진정한 왕은 하나님이지만 백성들이 왕을 세워달라는 요구에 의해 사울을 세워주셨다. 중요한 점은 이스라엘 왕과 백성의 삶은 모두 하나님의 주권과 심판아래 있었다는 점이다. (사무엘상 2장:7-10) 하나님의 율법아래 부자나 가난한 자나 똑같이 백성 된 권리가 지켜졌다.

봉수   봉희야, 이야기할 준비 다 됐니?

봉희   응, 다 됐어, 봉수야.

봉수   오늘 들려줄 이야기는 가장 위대한

봉희   가장 용감한

봉수   가장 강력한

봉희   용사의 한 사람

봉수   그 이름은 김봉수였습니다.

봉희   아니야! 그의 이름은 다윗이었습니다. 다윗은 소년시절 아버지의 양떼를 책임지고 지켰지요.

봉수   꼬끼오 꼬꼬꼬.

봉희   그게 무슨 소리야?

봉수   효과음이지. 꼬끼오 꼬꼬꼬.

봉희   다윗이 지킨 건 수탉이 아니고 양떼였다니까. 양, 양 말이야.

봉수   나도 알아.

봉희   그런데 왜 수탉 우는 소리를 내니?

봉수   그건 양이 제2외국어를 할 줄 알았다는 거지.

봉희   (*한숨지으며*) 이봐, 다윗은 목동이었고 낮에는 비파를 켜고 음악을 좋아했어.

봉수	(*비파소리 효과를 낸다.*)
봉희	시도 썼고.
봉수	아 신라의 달밤이여. . . .
봉희	그런 노래가 아니고 하나님을 찬양하는 노래 말이다!
봉수	할렐루야, 할렐루야 . . .
봉희	어쨌든 어느 날 으스스한 곰이 나타났습니다.
봉수	야옹!
봉희	곰이라니까.
봉수	으으렁!
봉희	그렇지. 잘했어. 다윗이 물맷돌을 던져 곰을 죽였습니다.
봉수	아구구. 쿵! (*쓰러지는 시늉을 한다.*)
봉희	또 다른 날엔 사자가 다가왔어요.
봉수	야옹!
봉희	사자라니깐!
봉수	(*큰소리로*) 어─훙!
봉희	이번에도 다윗은 물맷돌을 쏘아 사자를 죽였습니다.
봉수	아야야. 쿵! 누구 날 도와줘요. 내가 죽어요!
봉희	그만! 너 관심 받고 싶어서 그러니?
봉수	난 죽어가는 사자란 말이야.
봉희	벌써 죽으려고?
봉수	(*혀를 내밀고 이상한 소리를 낸다.*)
봉희	그만 됐어. 다윗은 하나님을 찬양하는 아름다운 시를 썼지요.
봉수	(*찬양노래를 흥얼거린다.*)

봉희	다윗은 밤이고 낮이고 양을 지켰는데—
봉수	(계속 노래를 흥얼댄다.)
봉희	하나님에 대한 믿음을 배우고—
봉수	(노래로) "누구는 사자를 죽이고"
봉희	자 됐어. 노래는 그만해! 어느 날 다윗은 집으로 불려왔습니다. 하나님의 선지자 사무엘이—
봉수	사무엘이 종교선전자였어?
봉희	선전자가 아니고 선지자. 하나님의 대변자라는 뜻이야!
봉수	아 그렇구나.
봉희	집에 와보니 다윗의 형들이 화난 얼굴로 빙 둘러서 있었습니다.
봉수	그건 왜지?
봉희	선지자 사무엘이 그 형들은 왕이 될 재목이 못된다고 했으니까. 처음에는 그들이 왕이 될 만한 준수한 인물이라고 여겼는데, 하나님께서 말씀하시기를—
봉수	"중요한 건 외모가 아니다. 중요한건 외모 속에 감춰진 영혼과 심성이다."
봉희	맞아. 하나님께서는 사무엘에게 다윗이 왕이 될 재목이니 그의 머리에 기름을 부으라고 하셨지.
봉수	에구 지저분해라. 자동차 기름을 머리에 붓다니!
봉희	자동차 기름이 아니고 올리브기름이야. 왕이 될 사람에게 행해지는 하나님의 특별한 의식이거든. 그래서 그날 다윗은 하나님의 영으로 가득 찼어.

봉수	올리브기름으로 채웠지?
봉희	그게 아니고, 하나님의 임재와 능력으로 채웠다고.
봉수	아, 부럽다.
봉희	이스라엘 민족의 적 가운데는 블레셋이 있었는데 블레셋에는 골리앗이라는 힘센 거인 장수가 있었습니다.
봉수	나는 힘이 세다.
봉희	그들은 매일 이스라엘 백성을 괴롭히고 하나님을 조롱했어요.
봉수	나는 강자다. 너희 하나님은 겁쟁이다!
봉희	어느 날 아들들이 블레셋 사람들과 싸우고 있으리라고 생각한 아버지는 다윗에게 도시락을 형들에게 갖다 주도록 보냈습니다.
봉수	김밥도시락 말이지? 그런데 싸우고 있으리라고 생각했다는 건 무슨 뜻이야? 당연히 싸우고 있었겠지.
봉희	그건 형들이 실제로는 전혀 싸우고 있지 않았으니까. 그 거인이 너무 무서워서 덤비지 못한 거야. 형들은 다윗을 보자, "꼬마야, 너 여기서 뭐하고 있어? 양들을 돌보지 않고."
봉수	중요한 건 외모가 아니다. 중요한 건 외모 속에 감춰진 영혼과 심성이다.
봉희	그래서 다윗은 왕께 나아갔고 왕은 그에게 무기와 군복을 주었는데 옷이 너무 커서—
봉수	어른 옷 입고 노는 아이 같았던 겁니다.
봉희	사울 왕은 다윗이 거인과 싸우겠다는 말을 믿을 수가 없었습니다. 다윗이 너무 어리다고 생각했지요.

봉수	중요한 건 외모가 아니다. 중요한 건 외모 속에 감추어진 영혼과 심성이다.
봉희	다윗은 돌멩이를 몇 개 집어서 골리앗에게 달려갔습니다!
봉수	너를 짓밟아버리겠다!
봉희	거인을 향해 물맷돌을— 쌩하고 던졌습니다!
봉수	사자와 곰을 죽였을 때처럼 거인을 죽였군요.
봉희	거인은 엄청난 소리를 내며 쓰러졌어요.
봉수	으으—윽, 쿵! 쾅!
봉희	다윗은 달려가서 거인의 칼을 빼서 그의 목을 베었습니다.
봉수	끔찍하다.
봉희	끔찍하다마다요. 그래서 블레셋 사람들은 도망가고 이스라엘 사람들은 그 뒤를 쫓아가고, 다윗은 영웅이 되었지요. 그 이유는 다윗의 작은 외모가 아니라
봉수	중요한 건 외모가 아니다. 영혼과 심성이다.
봉희	그때로부터 다윗은 하나님의 가장 위대한 영웅 가운데 하나가 되었습니다.
봉수	그런데 그런 그가 잘못을 저질렀단 말이지요?
봉희	실패도 했고
봉수	때로는 중대한 실책도 범했지요?
봉희	그렇지만 언제든지
봉수	하나님께로 돌아오는 신심이 강했다, 그 말이지요?
봉희	겸손했고
봉수	정직했고

봉희	용기 있었고
봉수	그래서 하나님께서는 그를 가장 칭찬하셨습니다.
봉희	맞아요. 다윗을 가리켜 "하나님 마음에 맞는 자"(삼상 13장: 14)라고 하셨습니다.

(둘은 절하고 찬양하며 퇴장)

17
___

거인의 상대자

근거 사무엘상 17장

배경 하나님의 백성인 이스라엘 민족은 무자비한 블레셋 사람과 갈등을 빚는다. 이스라엘 왕 사울은 지도자로서 비겁함을 보이기 시작한다. 골리앗을 상대하겠다고 나서는 자가 아무도 없자, 하나님을 굳게 믿는 젊은 청년 다윗이 이에 맞서서 나선다. 하나님의 도우심으로 다윗은 골리앗을 죽이고 이스라엘의 가장 위대한 영웅이 된다.

> • 형식: 스포츠 중계
> • 화자: 이기린과 김보우는 텔레비전 스포츠 아나운서이다. 이들은 다윗과 골리앗의 싸움을 중계하고 있다. 김보우는 모든 걸 다 아는 것처럼 말하지만 어딘가 실정을 파악하지 못하는 점이 있고, 이기린은 비교적 상황을 정확히 알고 있다.
> • 소품: 종이, 클립보드, 마이크, 기타 스포츠 아나운서의 용품들

보우   기린 씨, 저희는 여기서 지금 전투장면을 보고 있습니다. 아시다시피 이 싸움에 거는 기대가 대단합니다.

기린   정말 굉장합니다, 보우 씨. 한쪽에는 골리앗이 서있는데, 믿어지지 않지만 신장이 거의 3미터나 된다고 하네요.

보우   믿기지 않는군요.

기린   믿지 못할 줄 알았어요. 골리앗이 지금 싸울 상대를 찾고 있는데 상대하겠다고 나서는 도전자가 없어요.

보우   그런데 저기 보이는 저건 뭡니까? 어린 소년이 전투장으로 달려오고 있는데요! (객석을 향해) 야, 뭐해? 이리 나와! 거기 들어가면 안 돼! (기린에게) 애 엄마가 누군지 오늘 기분이 아주 나쁘겠어요.

기린   으음 . . . 저건 길 잃은 아이로 보이지 않는데 . . . 거인과 싸우겠다고 나온 상대자네요!

보우   기린 씨, 웃기네요. 농담도 잘하셔.

기린	(속삭이며) 농담이 아니에요.
보우	농담이 아니라고요?
기린	저 소년은 다윗이어요.
보우	그렇다면 다윗이 골리앗과 싸우러 나왔단 말인가요?
기린	다윗이 오늘 골리앗을 상대하러 나온 겁니다.
보우	그러네. 정말 다윗이네. 어디 무슨 일이 일어나는지 지켜봅시다. (서류들을 들추면서) 이 소년에 대한 자료는 별로 없군요.
기린	(자료를 살핀다.) 여기 있네요. 다윗은 목동이라고 쓰여 있어요.
보우	목동 팀은 처음 들어보는데요.
기린	목동은 팀 이름이 아니고, 소년이 양떼를 지키는 일을 한다는 뜻이지요. 그리고 여기 기록에 의하면 악기도 다루고 작사 작곡도 했군요! 다재다능한 소년입니다.
보우	그럼 저 소년은 거인과 맞서 싸울게 아니라 애국가를 부르고 치어리더를 하는 게 낫지 않을까요?
기린	기록에 따르면 맨주먹으로 사자를 죽이고 곰도 죽인 경험이 있다고 적혀있어요.
보우	어머나, 저기 좀 보세요! 빨강머리 소년이군요. 저 빨간색이 소년을 도와주기를 빕시다.
기린	(잠시 "대체 무슨 소리 하는 거요?" 하고 문득 그녀를 쳐다본다. 그러고는 멀리 가리키면서) 소년이 저기 가고 있습니다! 막대기와 돌팔매를 들고 가네요.

보우	그것만 들고 있다고요?! 믿을 수가 없군! 저 거인은 최고 성능의 방탄조끼를 입고 있는데 말예요. 방패는 비행기 만드는 강철로 되어있고, 들고 있는 창을 좀 보세요. 패트리어트 미사일 만큼이나 커요!
기린	잠깐— 이걸 좀 들어봐요— 골리앗 마이크에 달린 헤드폰에서 들려오는 소리입니다. (*입을 막고 골리앗 소리를 낸다.*) "하! 꼬마야, 내가 뭐로 보이냐? 개로 보이냐? 그래서 막대기로 나를 잡겠다는 거냐?"
보우	지질하군요.
기린	덩칫값도 못하고 정말 지질하네요.
보우	그런데 내가 알기로 다윗에겐 위성마이크가 공급되었다면서요? (*입을 막고 골리앗을 향해 말한다.*) "그깟 무기는 필요 없어! 나의 하나님께서 우리 편에 계신다!" (*서류를 들추며 자료를 찾는다.*) 하나님이라— 음—음— 어디 찾아봅시다— 하나님 이름은 명부에 없는데요. . . .
기린	거인이 방패를 들고 등장합니다. 양쪽이 서로 빠르게 움직이고 있습니다.
보우	뭐야! 소년이 앞으로 나가고 있잖아! 거인을 향해 달려가고 있네요! 다시 말하는데 소년이 거인을 향해 달려가고 있습니다!
기린	보우 씨, 오늘 다윗이 스피드를 보여주네요.
보우	정말 빠르게 움직입니다!
기린	야, 달리는 폼이 정말 일품입니다. 바지주머니에 손을 넣는군요.

보우	다윗이 손에 돌멩이를 들었어요. 다시 말하는데 다윗이 손에 돌멩이를 들고 있습니다.
기린	거인이 창을 높이 들어 올립니다. 보우 씨, 관중들 시선은 모두 골리앗과 다윗에게 집중되어 있군요.
보우	네, 그렇군요. 군중들이 숨을 죽이고 골리앗과 다윗을 지켜보고 있군요.
기린	다윗이 그의 머리 위로 물매를 돌리고 있습니다!
보우	여러분, 저희는 잠시 광고장면 후 다시 곧 돌아오겠습니다. (*두 사람은 잠시 부동자세를 취하고 나서 자연스레 여러 가지 이야기를 나누거나 마이크 작동을 확인하는 제스처를 보여줄 수도 있다.*) 자, 여러분, 다시 방송을 시작하겠습니다.
기린	(*관객을 향하여*) 다윗이 그의 머리 위로 물매를 돌리고 있습니다!
보우	골리앗은 국면전환을 전혀 시도하지 않는군요. 그대로 소년 쪽을 향해 걸어가고 있어요.
기린	다윗이 돌을 던집니다.
보우	우와, 지독히 빠른 속도입니다.
기린	시속 250킬로로 날아갑니다.
보우	저 속도로 돌을 던질 수 있는 선수는 세상에 몇 없을 겁니다.
기린	베들레헴 출신의 저 소년의 팔 힘은 정말 대단하네요.
보우	대단해요.
기린	골리앗은 자기 이마로 저 돌을 막아낼 수 있다고 생각하는 모양이지요?

보우	저라면 방패로 얼굴을 가릴 텐데요.
기린	나라도 그렇지요. 일이 어떻게 되는지 지켜봅시다. 저 거인은 수많은 전쟁을 치른 경험자니까— 어디 봅시다. (*서류를 뒤적인다.*) 어렸을 때 입대해서 군 경력이 20년이군요. 게다가 한 번도 싸움에 져본 적이 없네요.
보우	어머나! 저걸 어째! 돌이 거인 이마에 박혔어요. 다시 말하는데 돌멩이가 거인의 이마에 박혔습니다!
기린	15센티미터 깊이는 되겠어요. 이마에 꽉 틀어박혔습니다.
보우	정말 아프겠어요.
기린	골리앗이 쓰러지고 있습니다.
보우	쓰러지고 있어요.
기린	아직도 쓰러지고 있네요.
보우	아직도 쓰러지고 있어요.

(*두 사람은 거인이 땅에 쓰러질 때 서로 부딪치면서 의자에서 떨어진다.*)

18

솔로몬: 지혜를 소원한 왕

근거 열왕기 상 3장

배경 솔로몬이 젊었을 때 아버지 다윗 왕은 왕위를 그에게 물려주었다. 어느 날 밤 하나님이 솔로몬의 꿈에 나타나서 그가 원하는 무엇이든 소원을 들어주겠다고 하셨다. 그는 백성을 충실히 인도할 분별력 있는 지혜를 구했고 하나님은 그의 요청을 들어주셨다. 솔로몬은 가장 지혜롭고 예지가 넘치는 작가였다. 하나님은 우리가 옳은 일을 구할 때 우리를 신실하게 돌봐주신다.

> - 형식: 2인극
> - 화자: 봉희, 봉수

봉희   오늘 이야기는 지금까지 있던 사람 가운데 가장 지혜로웠던 사람의 이야기입니다.

봉수   그렇다면 나에 관한 이야기란 말이야?

봉희   아니, 그 사람 이름은

봉수   아인슈타인.

봉희   아니야, 그 사람 이름은 솔로몬이었어. 오래전 이스라엘에서 살았지. 아버지 다윗은 좋은 왕이었고 솔로몬의 형 아도니아가 왕국을 빼앗으려 했을 때 다윗은 왕위를 솔로몬에게 넘겨주었어.

봉수   이름이 너무 많이 나온다. 아도 뭐라고?

봉희   새 왕이 될 솔로몬만 넌 기억하면 돼.

봉수   그래서 어느 날 밤 꿈에 하나님께서 솔로몬에게 나타났다 이거지?

봉희   솔로몬이 원하는 것은 뭐든 허락하셨어.

봉수   요술방망이처럼?

봉희   그런 셈이지.

봉수   소원 세 가지를 빌었겠구나.

봉희   아니, 한 가지만 빌었어.

봉수	야, 간이 콩알만한 사나인가 봐. 나라면 수백 개를 빌었겠다.
봉희	세 개도 백 개도 아니고, 오직 한 가지만 빌었단 말이야.
봉수	그쯤 되면 무얼 구해야 할지 골 아프게 생각했겠는걸.
봉희	(*유혹자가 되어 그의 한쪽 귀에 대고 소곤댄다.*) 헤이, 솔로 몬, 돈을 요구하지 그러니? 그 돈으로 뭐든지 할 수 있게 말 이야. 빌 게이츠처럼 세상에서 제일가는 부자가 될 수 있게 돈을 요구하라니까, 솔로몬!
봉수	으음— 돈을 요구해야겠다.
봉희	(*솔로몬의 양심이 되어 다른 쪽 귀에 대고 소곤댄다.*) 그러면 안 되지, 솔로몬! 돈이 사람을 어떻게 만드는지 너 알지? 너 도 봤지? 결코 만족을 모르잖아. 마치 목마를 때 소금물 마시 는 격이야. 돈은 목만 더 마르게 할 뿐이야. 즉, 돈은 절대로 우리를 만족시키지 못해. 결코 행복을 가져다주지 못해. 한 번 가지게 되면 돈에 대한 욕구가 점점 커져서 결국 파멸될 뿐이야.
봉수	으음— 한편 생각해보면 돈으로 살 수 없는 많은 것들이 있지.
봉희	(*다시 유혹자의 소리로 한쪽 귀에 대고*) 권력을 달라고 해, 솔로몬! 세계를 지배하고 너 원하는 대로 사람들을 부리고 명령할 수 있잖아. 이 지구의 왕이 되는 거야!
봉수	야! 그거 좋다. 지구의 왕이 될 수 있단 말이지!
봉희	(*다시 양심의 소리가 되어 다른 쪽 귀에 대고*) 아니야, 솔로 몬. 권력을 가지면 가질수록 너는 하나님께 덜 의지하게 돼.

권력을 요구하지 마. 권력을 요구하면 하나님의 도움이 필요 없다 생각하고 하나님으로부터 멀어질 수 있으니까.

봉수 그래. 난 지구의 왕이 되지 않을래. 그런 자리에 앉으면 업무가 좀 많겠어? 그건 귀찮은 일이지!

봉희 (*다시 유혹자가 되어*) 명성을 구하렴, 솔로몬. 넌 한류스타처럼 유명해질 수 있어!

봉수 그렇지. 영화스타로 이름을 날리면 멋있겠다!

봉희 (*양심의 소리로*) 하나님 나라의 위대한 일꾼 가운데는 전혀 유명하지 않은 사람들도 있어. 너에게 필요한 건 명성이 아니고 겸손이야, 솔로몬!

봉수 영화스타가 되는 건 내가 바라는 게 아닌 것 같다.

봉희 (*유혹자의 소리로*) 오래 살게 해달라고 만수무강을 빌어, 솔로몬! 그리고 적을 없애달라고 요구해, 솔로몬!

봉수 천년을 살게 해달라고 청할 수 있지! 적들을 완전히 제거해달라고 요청할 수도 있고! 난 세상에서 가장 위대한 왕이 될 것이다!

봉희 (*양심의 소리로*) 아니야, 솔로몬! 다시 생각해봐. 하나님이 너에게 바라시는 게 무엇일까?

봉수 난 말이지, 스타가 되서 유명해지고 싶지 않아.

봉희 (*봉희로서 하는 말*) 으음— 그 목록은 이미 사용했잖아.

봉수 그렇지. 그 대신 멋진 영화를 창조할 수 있지! 그걸 요구해야겠다.

봉희 (*헛기침을 한다.*)

봉수   알았어. 난 말이지, 똑똑지를 못하니, 무얼 요청해야 할지도 모르겠어. 어렵구나. 고를 수 있는 사지선다형이면 좋겠다.

봉희   (*관객을 향해*) 그래서 솔로몬은 백성을 혼자서는 통치하기 어렵다는 걸 깨달았습니다.

봉수   (*하나님께*) "오 하나님! 이 나라를 잘 끌고 갈 수 있도록 잘 잘못을 가릴 수 있는 지혜의 능력을 저에게 주십시오."

봉희   (*하나님 역을 한다.*) 으음— 좋은 소원이다.

봉수   (*관객을 향해*) 그래서 하나님께서는 솔로몬에게 그가 요구하는 지혜를 주셨고 덤으로 부를 얹어 주셨고

봉희   명예를 주셨고

봉수   장수의 축복을 주셨습니다.

봉희   솔로몬은 꿈에서 깨어났지요.

봉수   아침식사 시간입니다!

봉희   솔로몬은 감사한 마음에 그의 신복들을 위해 거대한 파티를 열어주었습니다.

봉수   그때로부터 솔로몬은 부유한 왕이 되어

봉희   세상 곳곳에 명성을 날렸고

봉수   모든 것이 다

봉희   하나님께서 그에게 주신 지혜 덕분이었지요.

19

다니엘: 기도의 선지자

근거 다니엘 1장, 6장

배경 다니엘서는 유대인들이 이방 왕의 핍박과 압박아래 고난당하던 때에 쓰인 책이다. 이때에 일어난 이야기들과 환상들을 통하여 하나님께서 폭군을 쓰러트리고 그의 백성에게 주권을 돌려주는 희망과 용기를 보여주는 책이다.

바벨론이 이스라엘을 정복했을 때 다니엘은 바벨론 왕 앞에 처음으로 붙들려 온 백성 가운데 하나였다. 다니엘은 그 도시의 이교도들과 어울리기를 거부했으며, 여러 해를 보내는 동안 흠 없는 우수한 정치인으로 인정받았다. 그의 정적들이 그를 쓰러트리려 했으나 그에게서 잘못을 찾아낼 수 없었다. 그래서 다니엘의 신앙을 트집 잡아 넘어트리려고 시도하였지만, 다니엘과 함께하신 하나님께서 이를 뒤집어 오히려 정적들을 쓰러트렸다. 다니엘은 영적으로 하나님과 연합한 자였을 뿐만 아니라 온전한 신념의 인격자였다.

> - 형식: 스포츠 중계
> - 등장인물: 김보우, 이기린
>   (김보우와 이기린은 라디오 스포츠 아나운서로 사자
>   우리 안에 있는 다니엘의 행동을 중계한다.)

보우 국제 성경스포츠 시합을 애청해주시는 여러분, 안녕하십니까?

기린 스포츠가 시작되는 대로 중계해드리겠습니다.

보우 여기는 대단한 시합이 열리고 있는 바벨론의 경기장입니다.

기린 그렇습니다! 이 경기장에는 지금 으르렁대는 굶주린 사자들로 차 있습니다! 이들은 육식동물이지요.

보우 뼈가 으스러지고 척추가 삐걱거리고 간이 오그라드는 위험천만한 예사롭지 않은 광경입니다!

기린 간이 오그라든다고요?

보우 물론이지요. 기린 씨, 간이 오그라든다고 하면 왜 안 되나요? (*귓속말로*) 그래야 청중에게 으스스한 정도를 알려줄 수 있지요.

기린 그래요. 그래서 다니엘은 오늘의 대시합을 위해서 오랫동안 연습을 했습니다.

보우 다니엘은 이 도전을 기다려온 것 같습니다.

기린 (*서류를 보면서*) 여기 봐요, 보우 씨. 다니엘은 채식주의자

로군요.

보우 종교가 어떻든 그건 상관없지요.

기린 이건 종교문제가 아니고, 채식주의자라고요. 고기를 먹지 않는 사람이라고요.

보우 그래요.

기린 보우 씨는 이 사실을 알고 있었군요.

보우 네. 알고 있었어요.

기린 그런데 불행하게도 저 사자들은 채식주의자가 아니란 말입니다.

보우 물론 아니지요. 사자들은 육식주의자이지요.

기린 그런 말도 있나요? 육식주의자란 말은 처음 들어보는데.

보우 오늘 저녁 다니엘이 사자들에게 태권도 시범이라도 보여주려는지요? 아니면 중국 쿵푸라도? 듣자하니 다니엘 운동실력이 대단하다던데요.

기린 일이 어떻게 전개되는지 두고 볼 일입니다. 아, 지금 막 다니엘을 사자우리로 안내하고 있습니다!

보우 야구장으로요?

기린 아니요. 사자우리요. 다니엘이 으르렁대는 육식 사자들 있는 곳으로 가고 있습니다.

보우 뼈가 으스러지고 척추가 삐걱거리고 간이 오그라드는 광경이지요?

기린 왕이 몸을 일으켜 돌아서고 있어요.

보우 차마 못보고 왕궁으로 돌아가는군요.

기린	왕은 다니엘이 갈기갈기 찢기는 꼴을 보고 싶지 않은 거지요.
보우	그야 안 보고 싶겠지요. (눈을 손으로 가리면서) 아, 나도 못 보겠어요.
기린	잠깐, 보우 씨. 저게 뭔가요? 사자우리 안에 있는 카메라가 생생하게 장면을 보여주네요.
보우	난― 보지 않겠어요!
기린	서스펜스가― 긴장감이 대단해요.
보우	위성중계입니다!
기린	그런데 사자들이 다니엘을 잡아먹지 않는군요!
보우	결국 사자들은 채식주의자였군요!
기린	아닙니다. 하나님이 굉장한 투수를 보냈어요. 엔젤이 사자 입을 막아버린 겁니다!
보우	기린 씨. 난 오늘 시합에 엔젤 팀이 등장하는 사실을 전혀 모르고 있었네요.
기린	엔젤 팀이 아니고, 이건 진짜 천사를 말하는 겁니다.
보우	아― 저기 왕이 다시 돌아오고 있어요. 다니엘이 어떻게 되었는지 보려고 말입니다.
기린	다니엘이 승리할 거라는 보장은 없어 보이는 표정인데요.
보우	왕이 흥분했어요. 춤까지 추고 있어요!
기린	(손을 입에 대고 왕의 소리를 낸다.) "다니엘 너의 하나님이 너를 구해주셨다!"
보우	맞습니다. 사자 굴에서 다니엘이 건강한 모습으로 나오는군요!

기린	우와— 대단한 시합입니다!
보우	2인조 시합입니다! 하나님과 다니엘이 한 팀이군요.
기린	맞습니다. 다니엘에게 고통을 준 나쁜 자들이 지금 사자우리에 던져지고 있어요!
보우	(*얼굴을 찡그리며*) 에구머니!
기린	끔찍합니다.
보우	아유, 무서워서 볼 수가 없네요. 뼈가 으스러지는 소리네요.
기린	척추가 삐걱거리는군요.
보우	간이 오그라들고 있어요. 정말로 아주 작게 오그라들고 있어요.
기린	결국 저 사자들은 채식주의자가 아니었나봅니다. 그렇지요, 보우 씨?
보우	네. 육식주의자였군요. 다니엘은 하나님이 구해주셨어요.
기린	그의 굳건한 믿음 때문에
보우	철저한 신앙생활 때문에
기린	자 이것으로 오늘의 중계를 마치겠습니다.
보우	애청자 여러분, 다음 번 국제 성경 스포츠대회 중계를 기대해주시기 바랍니다.
기린	또 다른 흥미진진한 에피소드를 들려드리겠습니다.
보우	지금까지 진행에 김보우
기린	그리고 이기린이었습니다. 여러분 안녕히 계십시오.

20

에스더: 미모의 용감한 왕비

근거 에스더

배경 바사 황제의 겨울왕궁에서 벌어지는 에스더서의 사건은 에스더라는 유대 여인을 둘러싸고 일어난다. 이스라엘 동족에 대한 에스더의 헌신과 담대한 용기는 적의 손에 말살될 번한 자기 민족을 구하는 이야기이다. 아하수에로 왕과 바사 인들은 이스라엘을 정복하고 이들을 포로로 잡아들였다. 수사 시에서 왕위에 오른 지 3년 되던 해에 아하수에로 왕은 그의 왕비를 추방하였다. 왕비 감을 전국적으로 모집하여 에스더라는 유대인 여인을 새 왕비로 맞았다. 이 이야기는 아하수에로 제국 시절 어떤 일이 일어났으며 어떻게 하나님께서 에스더의 용기를 도구로 하여 유대인을 보호하였는지를 보여준다.

- 형식: 관객이 참여하는 2인극
- 화자: 봉희, 봉수

봉수	오늘의 이야기를 들으실 때 여러분의 도움이 필요합니다.
봉희	네. 관객 여러분의 참여를 요청합니다. 이야기 도중 부분에 따라 카드를 들어 올릴 것인데 여러분은 카드에 적힌 대로 따라 해주시면 됩니다.
봉수	우리 한번 연습해볼까요? 이야기 중 어느 때 에스더라는 여인의 이름이 나오면 이 카드(에스더 카드)를 보여드릴 것입니다. 그러면 여러분은 "만세!"를 외쳐주세요.
봉희	또 하만이라는 남자의 이야기를 할 때는—하만은 나쁜 사람이거든요— 하만 카드를 들어 올리면 여러분은 "우우—" 하고 야유를 보내주세요. (*하만 카드를 올린다.*)
봉수	또 한 사람이 있어요. 그 이름은 모르드개 입니다. "모르는데" 하고 비슷하게 들리지요?
봉희	"모르는데"라니, 그건 또 뭔 소리야?
봉수	나도 몰라. 그냥 발음이 비슷하게 들려서 그래. 여기 그 이름 카드가 있어요. 그 이름을 들면, "멋진 사람!" 하고 외치면서 양쪽 엄지손가락을 올려주세요. 한번 해볼까요? (*카드를 든다.*) 네 좋습니다.
봉희	이제 마지막 카드가 하나 더 있습니다. 이건 왕의 카드인데

이걸 보시면, "만수무강 하소서!" 하면 됩니다. (*왕 카드를 든다.*)

봉수 봉희야, 관객이 준비되었겠지?

봉희 자 그럼 시작하자.

봉수 옛날 옛적에 한 왕이 있었습니다.

봉희 (*왕 카드를 올리자 관객은 반응한다. 카드를 내린다.*) 왕은 왕비에게 별로 친절하지 않았습니다.

봉수 어느 날 왕은 규칙을 어긴 왕비를 궁 밖으로 쫓아냈습니다.

봉희 (*왕 역할로*) "아 외롭구나! 새 왕비가 필요하다. 어찌하면 좋을꼬?"

봉수 그래서 왕은 신하들을 불렀지요. 이들은 왕에게 미인대회를 열어서 왕비를 구하도록 제안했습니다. 신하 중 한 사람 이름은 하만이었어요.

봉희 (*하만 카드를 든다. 관객은 반응한다. 카드를 내린다.*) 새 왕비를 뽑는 미인대회 아이디어는 왕의 마음에 들었어요.

봉수 그걸 싫어할 사람이 어디 있겠냐?

봉희 지금 뭐라고 그랬냐?

봉수 아니야. 아무것도. 신경 꺼.

봉희 이 소문은 아름다운 유대인 처녀가 살고 있는 수사까지 들렸어요. 그 처녀의 이름은 에스더였어요.

봉수 (*에스더 카드를 든다. 관객은 반응한다. 카드를 내린다.*) 에스더는 아저씨와 함께 살았는데 아저씨 이름이 모르드개였습니다.

봉희 (*모르드개 카드를 든다. 관객은 반응한다. 카드를 내린다.*)

봉수 왕궁에서 온 사람들은 이 유대인 아가씨가 너무 아름다워서— (*에스더 카드를 든다. 관객 반응한다. 카드를 내린다.*) 왕궁으로 함께 가자고 했지요.

봉희 왕은 그녀를 보는 순간 즉시 결혼하고 싶어 했어요.

봉수 우와— 만세, 만세.

봉희 이제 그녀의 아저씨 모르드개는

봉수 (*모르드개 카드를 든다. 관객은 반응한다. 카드를 내린다.*) 고약한 하만에게 고개 숙여 절하기를 거부했어요.

봉희 (*하만 카드를 든다. 관객은 반응한다. 카드를 내린다.*) 그래서 이 못된 보좌관 하만은 간계를 꾸밉니다. 그는 상관인 왕에게—

봉수 (*왕 카드를 든다. 관객은 반응한다. 카드를 내린다.*) 날짜를 정해서 원하는 자는 누구나 유대인을 죽이도록 합니다.

봉희 하만은 그의 원수 모르드개가 유대인인 것을 알고 그렇게 꾸민 것이지요.

봉수 그의 원수는 바로 모르드개였으니까요.

봉희 (*모르드개 카드를 든다. 관객은 반응한다. 카드를 내린다.*) 그러나 하만은 왕비가 유대인인 것을 몰랐어요. 그래서 모르드개는 이 사실을 알고서 왕비에게 전갈을 보냈지요. 왕비 에스더에게 말입니다!

봉수 남편에게 부탁하여 유대인을 구해주도록 말이지요. 남편이 왕인 건 아시죠? 그런데 약간의 문제가 있어요.

봉희 사실 약간이 아니라 큰 문제죠.

봉수   초대받지 않은 상태에서 왕 앞에 나아가면 좋을 수도 있지만 나쁠 수도 있으니까요.

봉희   좋은 건 왕 앞에 나가면 긴장해서 몸무게가 줄어들 수 있다는 점.

봉수   나쁜 것은 어깨 위의 머리가 날아갈 수 있다는 점.

봉희   (*손가락으로 자기 목을 베는 시늉을 한다.*)

봉수   왕비는 어떻게 했어야 하나요? 왕이 그녀를 죽일 수도 있는데!

봉희   그러나 왕비는 하나님을 의지 하고, "죽으면 죽으리라" 결심하고 왕 앞으로 나아갔습니다. 그런데 왕이 그녀의 방문을 반기고 기뻐했습니다.

봉수   (*왕 카드를 든다. 관객은 반응한다. 카드를 내린다.*) 왕비는 그녀가 베푸는 특별한 파티에 참석해 달라는 청을 왕께 드립니다. 그리고 하만도 같이 초대했지요.

봉희   왕이 참석한 파티에서 왕비는 왕과 하만을 한 번 더 초대합니다. 왕과 하만은 매우 기뻤고 흥분했어요. 그런데 드디어 왕비는 이렇게 말합니다. "오 우리를 구해주소서! 모든 유대인을 죽이려는 잔인한 사람이 있나이다!"

봉수   왕비의 남편은 그자가 누구냐고 물었지요.

봉희   "바로 저 사람입니다!" 하고 에스더는 큰 소리로 외쳤어요. "저 악한 하만이 바로 그자입니다!"

봉수   (*하만 카드를 든다. 관객은 반응한다. 카드를 내린다.*) 왕은 그 말을 듣는 순간 화가 머리끝까지 났어요.

봉희 왕은 배신자를 죽이라고 명령했고, 지혜로운 모르드개에게 그 임무를 맡겼습니다.

봉수 (*모르드개 카드를 든다. 관객은 반응한다. 카드를 내린다.*) 그때로부터 유대인들은 전 세계에서 매년 파티를 열지요.

봉희 아름다운 왕비 에스더를 기념하기 위해서!

봉수 (*에스더 카드를 든다. 관객은 반응한다. 카드를 내린다.*)

봉희 이 이야기는 여기서 끝입니다. 봉수야, 카드 내려놓고 이제 가자. 난 더 들려줄 얘기가 없어.

봉수 (*하만 카드를 든다. 관객은 반응한다. 카드를 내린다.*)

봉희 자, 됐어. 이제 그만 가자.

봉수 (*퇴장하면서 왕 카드를 든다. 관객은 반응한다. 카드를 내린다.*)

21

느헤미야: 기도하는 계획자

근거 느헤미야

배경 느헤미야는 기도하고 행동하는 계획자였다. 그는 하나님을 믿고 그의 기도가 실현되도록 열심히 일했다. 예루살렘이 바사의 지배를 받았을 때 유대인 지도자들과 성직자 에스라는 예루살렘으로 돌아가서 도시를 재건하였다. 그러나 거의 15년이 지난 후에도 성벽들은 파괴된 상태로 있었다. 예루살렘의 새로운 거주자 하나니는 1000마일을 여행하여 페르시아의 궁에 살고 있는 그의 형 느헤미야를 방문하고 예루살렘 도시의 형편과 사정을 설명하였다. 이 문제를 놓고 먼저 하나님께 기도한 후 느헤미야는 도시의 재건 상태를 직접 살펴보기 위해서 예루살렘으로 떠났다. 느헤미야는 치밀한 계획자였고 두뇌가 빠른 빈틈없는 정치가였고, 용감한 지도자였으며 기도하는 겸손한 사람이었다. 하나님에 대한 깊은 믿음과 끊임없는 기도는 그의 생활의 중요한 부분이다.

하나니 우리 형님 느헤미야는 왕이 가장 신임하는 사람 중 한 명으로 아주 중요한 위치에 있지요.

느헤미야 나는 왕의 음식에 독이 들었는지 검사하는 일을 맡았어요.

하나니 어느 날 저는 왕궁으로 형을 찾아가서 예루살렘 형편을 알려주었어요.

느헤미야 예루살렘의 성벽들이 파괴된 얘기와 모두들 적의 공격을 받을 경우 무방비로 위험에 처할 수 있다는 소식을 듣고 내가 할 수 있는 유일한 일을 했습니다. 기도하는 일이었지요.

하나니 형은 너무나 마음이 아파서 울기도 했어요. 얼마나 마음이 괴로웠던지 이틀을 기도하고 왕 앞으로 가서 특별한 요청을 한 것입니다.

느헤미야 왕 앞에서 그렇게 슬퍼한 적이 없었던 고로 내 안색을 보고 무슨 일이 있느냐고 왕이 물었습니다.

하나니 느헤미야 형이 그러는데 그날 겁이 엄청 많이 났대요. 형이 왕한테 한 말들을 왕이 좋아하지 않았더라면 형이 죽을 수도 있었으니까요!

느헤미야	왕에게 문제를 말씀드렸더니 원하는 것이 뭐냐고 했어요. 내가 생각할 수 있는 오직 한 가지를 했지요. 기도하는 일 말입니다.
하나니	느헤미야 형은 항상 기도하는 사람이었거든요.
느헤미야	나는 왕에게 예루살렘 성벽을 쌓을 수 있도록 그곳에 갈 수 있게 허락해달라고 했습니다. 왕은 "그거야 어려울 것 없지. 안전하게 여행하고 다시 돌아와서 보자"고 했어요.
하나니	형을 예루살렘에서 보게 된 우리는 놀랐어요. 모두들 굉장히 흥분했지요. 느헤미야 형이 대단한 지도자임을 우린 다 알고 있었으니까요. 그래서 예루살렘에 왜 왔느냐고 물었어요.
느헤미야	도착한 후 사흘 뒤에 나는 성벽들이 무너진 상태를 조사하려고 말을 타고 한밤중에 도시를 둘러보았습니다. 하나니 말대로 도시 성벽들은 모두 불타서 무너졌고 적이 쳐들어오면 그냥 앉아서 당하게 되어 있더군요.
하나니	그리고서 느헤미야 형은 예루살렘의 모든 지도자들을 모아놓고 하나님께서 예루살렘을 돕도록 그를 이곳에 보내셨다고 했어요.
느헤미야	"성벽들을 다시 건축합시다!" 하고 예루살렘 지도자들에게 말했어요. 그들은 대답했어요. "그럽시다. 언제 시작할까요?"
하나니	우린 바로 건축에 착수했지요. 각각 자기 집 근처의 성벽부터 재건하기 시작했어요. 일이 잘 진행되고 있었는데— 어느 날—
느헤미야	산발랏뿐 아니라 그의 친구 토비아와 아랍인들이 놀려대는 것이었습니다. 우리를 모욕하며 문제를 일으키는 게 아니겠

	습니까? 그래서 난 오직 내가 할 수 있는 한 가지만 했어요.
하나니	기도하는 일 말입니다.
느헤미야	난 기도했어요.
하나니	그러자 도시 주변에 살던 자들이 우리의 건축이 절반 쯤 성취된 얘기를 듣고는 우리를 방해하려고 서로 힘을 합쳐 위협했어요.
느헤미야	"그러나 우리는 우리의 하나님께 기도했고 밤이고 낮이고 이들의 공격을 막으려고 보초를 세웠어요." (느헤미야 4장:9)
하나니	느헤미야는 주민들로 하여금 칼과 창과 활을 들고 뚫린 벽에 서서 지키도록 했습니다. 그리고 우리에게 하나님을 기억하라고 했고 우리의 가족들을 보호하도록 했어요.
느헤미야	난 주민들의 절반은 일하게 했고 절반은 보초를 세워 지키게 했고, 일하는 사람들도 무장을 시켰지요. 한 손에는 무기를, 한 손에는 일감을 들고 열심히 일했습니다. 옆구리에 무기를 매지 않고 일한 사람은 없었습니다.
하나니	그래요. 모두들 무기를 들고 일했어요. 무기 없는 자는 느헤미야와 함께 있던 나팔수들뿐이었지요.
느헤미야	나팔수들은 적이 공격해오면 즉각 나팔을 불 수 있게 항상 경계태세에 있었습니다.
하나니	느헤미야 형은 도시의 가난한 자들을 도왔어요. 공정한 법을 만들었고 성벽을 쌓는 동안 우리를 인도했고, 하나님께서 우리를 위해 하신 모든 일에 감사하는 예배를 드리도록 했습니다.

느헤미야 그런 일을 했다고 해서 내가 칭찬받을 일은 아니지요.

하나니 성벽을 모두 재건하는 데 걸린 기간은 불과 52일이었어요.

느헤미야 적들은 이 소식을 듣고 겁을 냈습니다. 하나님께서 우리를 도와주시는 것을 깨달았기 때문이지요. 그들은 하나님께서 우리와 함께 하시는 것을 알았습니다.

하나니 그러자 느헤미야 형은 저를 이 도시의 책임자로 앉히고, 특별한 예배 시간과 기도와 회개의 시간을 가졌어요.

느헤미야 그날의 예루살렘은 기쁨으로 넘쳤지요. 제가 생각할 수 있는 오직 한 가지를 통해서 말입니다. 나는 기도한 것밖에 없어요.

하나니 느헤미야 형은 그의 모험을 전부 성경에 기록했어요. 그리고 이야기를 이렇게 끝냈습니다.

느헤미야 "내 하나님이여 나를 기억하사 복을 주옵소서." (느헤미야 13장:31)

하나니 저는 느헤미야 형이 하나님의 복을 받았다고 확신합니다.

22

사라진 작은 메시아

근거 누가복음 2장:41-52

배경 누가는 예수의 청년 시절에 관한 얘기만 들려준다. 예수가 열두 살 때 그의 부모는 유대인 유월절을 축하하기 위해 예수를 성전으로 데리고 간다. 그러나 그의 가족이 그곳을 떠날 때 예수는 성전에 남아 하나님에 대하여 말씀을 나누셨다.

> • 형식 : 인터뷰
> • 화자 ┌ 마리아: 예루살렘에서 일주일을 바쁘게 지내고 집으로
> │   오는 길에 아들 예수를 잃어버린 어머니
> └ 어두남: 잃어버린 소년에 대해 조사하는, 자칭 유명한
>   촌스러운 탐정

어두남 나는 세계적으로 유명한 탐정 어두남입니다. 이곳 예루살렘에서 마리아 아주머니와 대담 중입니다. 으음— 아주머니의 성이 뭐라고 했지요?

마리아 성은 말하지 않았는데요.

어두남 아하! 나보고 추측해보란 말씀이군요. 미즈 박? 아니, 미즈 킴? 미즈 리?

마리아 난 성이 없어요.

어두남 어째서요? 아주머니, 위장한 겁니까? 신분을 숨기고 있나요? 개인정보 도난 희생자인가요?!

마리아 그 당시에는 성 같은 건 없었어요.

어두남 아하.

마리아 대부분 사람들은 나를 그냥 예수의 어머니 마리아라고 불러요. 아니면 요셉의 아내 마리아라고 부르든지. 어떤 이는 은총이 가득한 마리아라고도 불러요.

어두남 알았어요. 요셉 어머니 마리아께서 오늘 정확히 무슨 일이

	일어났는지 말씀해주시지요.
마리아	난 요셉의 어머니가 아니고, 예수의 어머니입니다. 사건은 며칠 전에 일어났어요. 우린 예루살렘에 있었는데—
어두남	우리가 누굽니까?
마리아	나하고 남편하고 우리 아들 예수요.
어두남	아하! 내가 의심했던 대로입니다. 앞뒤가 맞아떨어지는군요!
마리아	뭐가 맞아떨어진다는 거지요?
어두남	모르겠어요.
마리아	아—
어두남	아주머니는 아들이 있다고 했지요!
마리아	그렇지요. 그래서 사람들이 날 예수의 어머니라고 하지요.
어두남	네. 그런데 소년에게 무슨 일이 일어난 겁니까?
마리아	없어졌어요!
어두남	아하! 소년이 마술사로군요!
마리아	아니에요. 우리 아들은 마술사가 아니에요. 아이가 그냥 사라졌다고요.
어두남	누구 아이가요?
마리아	내 아이요.
어두남	아주머니 아이가 사라졌다?
마리아	(*머리를 절레절레 흔든다.*) 아이, 참!
어두남	아주머니 아들이라!
마리아	예. 내 아들이요.
어두남	누구 아들이라고요?

마리아   하나님 아들이요.

어두남   아까는 아주머니 아들이라고 하지 않았어요?

마리아   그랬어요.

어두남   그럼 아주머니가 하나님이라고 주장하는 거요?

마리아   아니요. 얘기하자면 깁니다. 그 아이는 내 아들이고 동시에 하나님 아들이지요. 그러나 난 하나님이 아닙니다. 마리아일 뿐입니다.

어두남   예수의 어머니 마리아—

마리아   맞아요.

어두남   아이가 없어진 걸 알고 어떻게 했나요? 전화로 119에 알렸나요?

마리아   아니요.

어두남   경찰에 연락했어요?

마리아   음— 아니요.

어두남   사설탐정을 고용했어요? 방송에 알렸나요?

마리아   아니요—

어두남   (*흥분한다.*) 부인, 왜 연락을 하지 않았습니까? 아주머니한테 문제 있는 거 아닙니까? 아들을 잃어버렸는데 경찰에 알리지도 않았다?! 도대체 당신은 어떤 엄마요? 대답해 봐요, 마리아 엄마, 아니 마리아 아주머니.

마리아   진정하세요. 탐정 선생님이 말하는 그런 것들이 그때는 존재하지 않았습니다. 경찰도 없었고 119도 전화도 없었어요.

어두남   아주머니 살고 계신 곳이 어딥니까?

마리아	어디 사는 게 문제가 아니고 어느 때 살았느냐가 중요합니다.
어두남	좋아요. 그럼 언제, 어느 해에 살고 있나요?
마리아	12요.
어두남	십이 하고 뭡니까?
마리아	그냥 12요.
어두남	열두 시라는 겁니까?
마리아	아니요. 그냥 12입니다.
어두남	1200년? 중세라는 거지요?
마리아	아직 중세가 아닙니다. 기원후 12년, 이른 시대이지요.
어두남	아하! 그러니까 예수가 열두 살 때로군요.
마리아	맞아요.
어두남	처음부터 그렇게 말할 것이지. . . . 그러니까 아들이 십대였단 말이군요.
마리아	십대가 뭔데요?
어두남	십대 아들을 둔 어머니는 알아둬야 할 것이 많습니다. 아들이 사라진 걸 알고 어떻게 하셨습니까?
마리아	우린 사방으로 찾아다녔지요.
어두남	쇼핑센터 경비실에도 확인해보셨나요?
마리아	아니요.
어두남	주차장에도 가보았어요?
마리아	주차장이 뭔데요? 탐정 아저씨, 우린 친척집도 모두 찾아보았어요.
어두남	미니밴 속에도 들여다보셨고요.

마리아	미니밴이 아니고 캐러밴을 보았지요.
어두남	캐러밴? 그건 기아차요, 현대차요?
마리아	낙타입니다.
어두남	낙타란 회사는 들어본 적이 없는데 . . . 그 다음엔 어떻게 하셨어요?
마리아	예루살렘으로 다시 돌아갔지요.
어두남	아들은 유괴되었나요?
마리아	아니요.
어두남	인신매매단이 잡아갔어요?
마리아	아니요.
어두남	(*흥분한다.*) 도대체 아들을 찾기는 찾은 거요?
마리아	네.
어두남	극장에 있었답니까? 어떻게 찾았나요? 인터넷을 통해서? 아들은 어디 있었답니까? 무사합니까? 말해보세요. 불안해 죽겠네. 마음 졸이게 하지 말고 어서 말해봐요. 아!
마리아	탐정님, 괜찮으세요?
어두남	괜찮지 않아요. 난 세계적인 명탐정이오. 아주머니는 대체 누구시오?
마리아	대부분 사람들은 나를 아주머니라고 하지 않고 마리아라고 불러요. 그런데 내가 누구인가에 대한 질문은 아까 하지 않았나요?
어두남	아주머니를— 아니 마리아를 시험해보는 겁니다.
마리아	어쨌든 내 아들은 교회에 있었어요.

어두남	뭐라고요?!
마리아	교회 안에 있었다고요.
어두남	잃어버렸다던 아들이 사흘 동안 교회 안에 있었다고요?
마리아	아— 그게 그래요.
어두남	문이 잠겨서 간혔군요?
마리아	그런 경우가 아닙니다.
탐정	그래서 어떻게 하셨습니까? 방문허가서에 사인하고 집으로 데려왔나요?
마리아	전 좀 화가 나서 나무랐지요. "아들아, 너 여기서 무슨 일을 하고 있는 거니? 아빠와 엄마가 지금까지 여기저기 너를 찾아다녔단다!"
어두남	아들은 뭐라던가요?
마리아	"어머니, 왜 저를 찾아다니셨어요? 제가 아버지 집에 있을 것을 모르셨나요?"
어두남	아버지가 교회에 살아요? 아버지가 사찰집사였군요.
마리아	아이 아버지는 하나님이십니다.
어두남	아 맞아요. 그렇다고 했지요.
마리아	아들이 무슨 뜻으로 그런 말을 했는지 당시에는 이해하지 못했어요. 우린 그 애가 하나님이 보내신 특별한 아이라는 점은 알고 있었지만, 그러나 전체적인 뜻을 이해하는 데는 평생 걸렸어요.
어두남	보건복지부와 문제가 있었나요? 아이를 잘 돌보지 않았다고 고발당하신 거죠? 그래서 아들이 위탁부모나 양부모와

살아야 할 처지가 된 거요? 자꾸 불안하게 만들지 마시고 얘기 좀 해보세요, 아주머니! 아니, 부인! 마리아!

마리아   아들은 우리와 같이 나사렛으로 돌아왔어요.

어두남   나사렛? 그 마을 이름은 전에 들어본 적이 있는 것 같은데―

마리아   우리 아들은 착하고 언제나 부모 말 잘 듣는 양순한 아이입니다. 예수는 자라면서 더 지혜롭고 사랑스러워졌어요.

어두남   이 사건은 여기서 마무리 짓겠습니다. 예수는 이제 더 이상 실종된 아이가 아니니까요. 그래 그 아이는 지금 어디 있나요?!

마리아   으음― 그 얘기를 하자면 길어요. 날 따라오세요. 들려드릴게요. . . .

23

세례요한: 예수님의 선구자

근거 마태복음 3장, 11장:1-9

배경 세례요한과 예수님은 친족이었다. 예수님은 그를 가리켜 "가장 위대한 사람"(마태복음 11장:11)이라고 했다. 요한은 사람들의 죄를 지적하고 어떻게 하나님을 위해서 살아야 하는가를 전도했다. 요한이 감옥에 갇혀있는 동안 그는 그의 추종자들을 예수님께 보내어 예수님이 과연 약속된 메시아인가 알아보도록 했다. 어떤 학자들은 세례요한이 의심과 의문의 시기를 거치고 있었다고 지적한다. 또 어떤 이들은 그가 예수님에 대한 확신을 얻기 위해서 추종자들을 보냈을 것으로 생각한다. 어느 쪽이든 예수님은 요한을 높이 평가했고 전도의 길을 준비하는 데 요한의 역할은 매우 중요했다.

봉희 오늘 이야기는 세례요한에 관한 것입니다

봉수 세례요한이라고 불린 것은 마음에 변화가 생긴 자들에게 그가 세례를 주었기 때문이지요.

봉희 침례교인이라서 그런 것은 아니었어요.

봉수 요한은 루터교인이었지요.

봉희 뭐라고?!

봉수 장로교인이었던가요?

봉희 아니요, 아 그게 아니고 요한은 예수님이 오시는 길을 준비한 사람이었습니다.

봉수 그랬지요. 요단 강 근처의 사막에 살았었지요.

봉희 낙타털 옷을 입고 가죽벨트를 하고 꿀을 먹었어요.

봉수 꿀맛 좋았겠다!

봉희 메뚜기도 먹었어요.

봉수 에이 흉해라! 메스꺼워! 뭐 〈세상에 이런 일이〉 같은 쇼에 나왔었나?

봉희 아니. 그를 보기 위해 사람들이 몰려왔었어.

봉수 농담이겠지. 구경꾼들이 메뚜기 먹는 것 보려고 돈 내고 모여든 것 아니야?

봉희　돈 낸 건 하나도 없어. 그리고 네가 몰라서 그러는데 시골에서 메뚜기 잡아 볶아먹기도 한단 말이야. 논 메뚜기는 맛있다더라. 사람들은 세례요한의 설교를 들으려고 원근각지에서 모여들었습니다.

봉수　그러니까 침례교 전도사였구나.

봉희　세례요한은 예수님에 관한 이야기를 들려주고 사람들 마음을 움직이기 위해서 하나님이 특별히 사용한 인물이었습니다. 그러던 어느 날 예수님을 보고 그가 말했어요. "보라! 세상 죄를 지고 갈 하나님의 어린양이시다!"

봉수　예수님은 그 소리를 듣고 기뻐하지 않으셨을 것 같은데.

봉희　왜?

봉수　자신을 어린양이라고 부르니까.

봉희　예수님은 기뻐하셨어. 세상 죄를 대신 지고 희생할 분이 바로 예수님이었으니까.

봉수　그건 그렇지.

봉희　그러자 예수님은 세례요한에게 세례를 부탁하시고 전도를 시작하셨습니다.

봉수　요한은 어느 날 붙잡혀서 옥에 갇혔지요.

봉희　왕이 동생의 아내를 빼앗아서 부부처럼 같이 살았는데 요한이 이를 죄라고 말했기 때문이어요.

봉수　그런 짓을 하면 안 된다는 설교를 왕은 듣고 싶지 않았겠지요.

봉희　그래서 요한을 옥에 가두었던 겁니다.

봉수	벌레들이 살을 갉아먹는 그 감옥에 말입니다.
봉희	요한은 감옥에 있으면서 제자들을 예수님께 보내서 예수가 진짜 구세주인가 알아보게 했습니다.
봉수	예수가 진짜 구세주란 사실을 세례요한이 몰랐다고? 그걸 모를 리가 있겠어? "이 사람은 세상 죄를 지고 갈 하나님의 어린양이다"고 말한 게 요한이었잖아?
봉희	그랬지.
봉수	그런데 왜 의심한 거야?
봉희	생각해보렴. 감옥 속에서 외롭고 고달프고 배도 고프고―
봉수	메뚜기를 다 잡아먹어서 동이 났구나.
봉희	그래서 예수님은 하나님이 약속하신 구세주에 대해서 이렇게 말씀하셨어요. "장님이 볼 수 있느냐?"
봉수	그렇게 말씀하셨지.
봉희	"다리를 못 쓰는 자가 걷느냐?"
봉수	그러셨지.
봉희	"병든 자가 낫느냐? 귀머거리가 듣느냐? 죽은 자가 사느냐?"
봉수	그래, 그렇게 말씀하셨어.
봉희	"복음이 가난한 자에게 전해졌느냐?"
봉수	그러셨지.
봉희	"그러면 세례요한에게 가서 너희가 듣고 본 것을 그대로 전해라."
봉수	그래서 그들은 세례요한에게 그대로 전했습니다.
봉희	예수님은 그의 추종자들에게 세례요한은 그때까지 세상에

나온 자 중 가장 위대한 사람이라고 말씀하셨어요.

봉수   와—

봉희   요한이 감옥에 갇힌 동안 왕은 성대한 파티를 열었고 그의 의붓딸이 춤을 췄어요.

봉수   (*배꼽 춤 추는 시늉을 한다.*)

봉희   (*봉수를 지켜보면서*) 아이고—

봉수   이렇게 말이지? (*춤을 더 세게 춘다.*)

봉희   그렇게 추지 않았기를 바란다. 왕은 춤추는 딸이 너무나 자랑스러워서 "네가 원하는 건 뭐든지 주마!"라고 약속했습니다.

봉수   (*10대 소녀처럼 말한다.*) "아 좋아라! 글쎄— 뭐를 청할까— 최신 스마트폰하고— 크레디트카드하고—"

봉희   아니야. 그 애가 요청한 건 그런 게 아니었어.

봉수   신형 스포츠카?

봉희   아닙니다. 그 애는 자기 엄마한테 가서 말했어요.

봉수   하룻밤 외박한다고 왔다가 눌러앉은 그 여자 말이야?

봉희   그래 그 여자. 그런데 그 여자는 세례요한이 죽기를 바란 겁니다.

봉수   에구구.

봉희   그래서 그 딸은 요한을 죽여서 그의 머리를 큰 쟁반에 담아 달라고 했어요.

봉수   아이고, 끔찍하다!

봉희   그래서 요한의 목을 베어 쟁반에 담아 들고 왕에게 가져왔지요.

봉수	쟁반에 담아왔단 말이지. 듣던 중 끔찍한 얘기네. 성경은 왜 그런 끔찍한 얘기를 쓰고 있지? 벌레를 먹느니, 머리를 썩둑 자르느니, 배꼽춤을 추느니— 흉측한 내용이 많아.
봉희	그건 성경은 인생에 대한 얘기를 있는 그대로 솔직하게 기술하니까. 인생은 때로는 슬프고 무자비하고 고통스럽거든.
봉수	네 말이 맞는 것 같다.
봉희	그래서 예수님이 진정 그가 주장하는 그 사람인가 의심될 때 우리는 어떻게 해야 되지?
봉수	메뚜기를 먹어야지.
봉희	아니야.
봉수	배꼽춤을 춰야지.
봉희	아니지! 예수님의 행적을 기억하고 하나님의 약속이 어떻게 이루어졌는지를 기억해봐.
봉수	너 참 멋있게 말한다.
봉희	하나님의 영웅은 인간 영웅과는 달라.
봉수	하나님의 영웅은 항상 금수저도 흙수저도 아니고
봉희	유명하지도 않고, 성공하는 것도 아니고—
봉수	배꼽춤 추는 자도 아니지.
봉희	하나님의 영웅은 하나님을 계속 신뢰하고
봉수	혼자 있을 때, 두려울 때— 혹은 인생의 확신이 없을 때에도
봉희	그 답을 성경에서 찾지.
봉수	메뚜기가 먹고 싶을 때도 말이지.
봉희	하나님에 대한 신념이 있으면

봉수   봉희야, 너도 하나님의 영웅이 될 수 있어!

봉희   그야 그렇지!

봉수   봉희야— 으음—

봉희   왜 그래?

봉수   하나님의 영웅이 되려면 메뚜기를 꼭 먹어야 하니?

봉희   그렇지 않지.

봉수   난 메뚜기보다는 번데기가 좋더라.

봉희   봉수야, 너 좀 괴짜인 거 아니?

봉수   아까 내가 춘 배꼽춤 괜찮았어?

봉희   넌 낮에 일하는 사람이지 밤일하는 사람이 아니잖아!

봉수   아, 맞다. 그게 그렇구나.

24

세례받는 예수

근거 마태복음 3장, 누가복음 3장:1-22

배경 하나님은 예수가 세례받는 것을 기뻐하셨다. 하나님은 우리도 죄
를 자복하고 세례받기를 바라신다. 요단강에서 세례요한에게 세
례받은 예수님은 죄를 자복한 사람들에게 세례를 주고 전도 사역
을 시작하셨다.

봉희 예수님에게는 요한이라는 친족이 있었습니다.

봉수 모두들 그를 세례요한이라고 불렀지요. 돌아다니면서 사람들을 물속에 집어넣고 세례를 주었거든요.

봉희 성경은 요한의 세례를 회개의 길이라고 했어요.

봉수 회개의 길은 돈 세는 길이야?

봉희 네가 말하는 건 회계고, 회개는 하나님을 향한 개심이라는 뜻이야.

봉수 자기가 잘못한 것을 미안하게 생각한다는 말인가?

봉희 그렇지. 그래서 사람들은 자기가 지은 죄를 용서받기 원하는 거지.

봉수 알았어.

봉희 회개는 하나님을 의지하는 한 방법이야.

봉수 알았어. 하나님은 회개하는 사람의 죄를 용서해준다, 이 말이지.

봉희 바로 그거야.

봉수 예수님의 메시지를 들을 준비를 시켰다는 거지?

봉희 바로 맞아. 봉수야, 넌 오늘 이야기를 제대로 이해하고 있구나. 그래서 예수님이 요한에게 세례를 청하신 거지.

봉수	뭐? 예수님이 요한에게 세례를 청했다고? 넌 방금 요한은 죄 지은 자가 개심하도록 세례를 주었다고 했잖아—
봉희	맞아, 그랬는데?
봉수	그럼 어느 쪽이 잘못된 거야? 예수님은 죄가 없잖아!
봉희	물론 없지.
봉수	네가 무슨 소리를 하는 건지 모르겠다.
봉희	요한은 죄지은 자에게 세례를 주었어.
봉수	봉희야, 그렇지만 요한은 예수님께도 세례를 주었잖아!
봉희	그랬다니까.
봉수	너 지금 예수님이 뭔가 죄를 지었다는 뜻으로 하는 소리야?
봉희	아니야. 예수님이 요한에게 세례를 부탁하자 요한은 "무슨 말씀을 하십니까!? 세례는 당신이 내게 주어야 합니다! 세례 받을 사람은 당신이 아니고 나입니다!"라고 했어.
봉수	그래서 요한은 예수님께 세례주기를 거절했어?
봉희	거절했지. 그런데 예수님이 말씀하시기를 "내게 세례를 해주 세요. 당신이 그렇게 하는 게 옳습니다."
봉수	무슨 말인지 난 도통 이해가 안 된다.
봉희	예수님은 잘못한 일이 없는 분이지만 모든 게 순조롭게 진행 되기를 바라셨어.
봉수	그래, 네 말이 옳다고 하자.
봉희	그래서 요한은 예수님에게 세례를 주었어.
봉수	그렇게 하는 게 순리였기 때문이란 말이지.
봉희	맞아.

봉수	그런데, 봉희야, 난 아직도 왜 예수님이 세례를 받아야 했는지 이해가 잘 안 된다.
봉희	이 문제에 대해서 어떤 이들은 예수님이 다른 죄인들과 함께 하려 했기 때문이라고 하고 . . . 또 어떤 이들은 우리에게 세례받아야 하는 교훈을 가르치기 위해서 예수님이 직접 본을 보여주신 거라고 한다. 어느 쪽이 옳든 확실한 것은 세례는 우리 하나님 아버지를 기쁘게 해드린다는 사실이야.
봉수	그런데, 봉희야, 그걸 우리가 어떻게 알 수 있지?
봉희	그건 예수님이 세례받으신 후 물 밖으로 나오셨을 때 하늘이 열렸거든.
봉수	아―우르릉쾅쾅―
봉희	봉수야, 너 그 소리는 뭐니?
봉수	천둥뇌우였어.
봉희	천둥뇌우는 없었어.
봉수	강한 눈보라가 몰아쳤지?
봉희	그냥 하늘 문이 열렸다는 거지.
봉수	창문이 열린 것처럼 말이야?
봉희	그 비슷한 거지.
봉수	열린 하늘 문으로 누가 떨어지지는 않았어?
봉희	아니. 하나님의 영이 내려왔어―
봉수	예수님에게?
봉희	성령은 비둘기 형태로 내려와서 예수님 어깨에 앉았거든.
봉수	아― 너 비둘기가 사람 어깨에 앉을 때 무슨 짓을 하는지 알아?

봉희	봉수야, 이 비둘기는 네가 생각하는 그런 비둘기와는 달라.
봉수	사랑의 비둘기였잖아.
봉희	그래 맞아. 하늘에서 음성이 들렸는데
봉수	(*굵은 소리로*) "나보고 내려오라고 하지 마라!"
봉희	그렇게 말씀하지 않으셨어.
봉수	아— 이렇게 말씀하셨다. "너희들 내 비둘기를 보지 못했느냐? 누가 하늘 문을 열어놓았구나!"
봉희	그렇게 말씀하지 않으시고, 하나님은 말씀하시기를, "너는 내 사랑하는 아들이다. 내가 너로 인해 기뻐하노라!"
봉수	근사하다!
봉희	예수님이 모든 것을 올바르게 하시니까 하나님이 아주 기뻐하신 거야.
봉수	그래서 예수님이 요한한테 세례받는 것도 기뻐하셨다는 거지.
봉희	맞았어.
봉수	아무 죄도 없으시면서 말이야.
봉희	그래, 맞아.
봉수	예수님은 이래도 저래도 다 옳았다는 거지.
봉희	그렇지.
함께	이상입니다.

25

예수: 마리아의 아기, 하나님의 아들

근거 신약의 4 복음서: 마태, 마가, 누가, 요한

배경 하나님의 백성이 기다리던 구세주가 드디어 1세기 때 갈릴리에
등장했다. 하나님께서는 우리를 죄에서 구원해주시려고 그의 독
생자 예수를 세상에 보내셨다. 예수는 우리를 하나님과의 영원한
분리에서 구하기 위하여 십자가에 달리셨다. 예수는 사망에서 살
아나셨고 하늘나라로 돌아가셨다. 그로 인해 그를 믿는 모든 자
는 죽어도 죽지 않는 영생을 얻는다.

- 형식: 해설
- 화자: 해설자, 요한 마가

해설자　옛날 옛날에 하나님은 그의 백성에게 구세주를 보내주겠다고 약속하셨습니다. 바야흐로 약속의 때가 도래하여 마리아는 아들을 잉태하였습니다.

요한 마가　우리 가족은 그에 관한 얘기를 들었지요. 그가 바닷가 모래밭에 나타나서 자기를 따르라고 사람들을 불렀어요. 그는 목수였어요.

해설자　예수의 아버지는 나사렛 출신의 목수였습니다. 예수는 베들레헴에서 하나님의 아들로 태어나 이 땅에 보내졌습니다.

요한 마가　처음에는 그가 어디서 왔는지 누구네 집 아들인지 아는 사람이 없었어요. 어떤 이는 그가 베들레헴 출신이라 했고 또 어떤 이는 나사렛 사람이라 했고 또 그가 애굽에서 왔다고 말한 사람도 있었어요. 그의 부친은 죽었다는 사람도 있고 그를 버리고 떠났다는 사람도 있었지요. 그런데 그 예수가 놀라운 일을 하기 시작했어요.

해설자　예수는 30세 되던 해에 세례를 받고 그러고는 명상을 위해 광야로 들어가셨습니다. 그 후 가나의 결혼잔칫집에 참석했지요.

요한 마가　예수가 행한 첫 기적은 결혼식에서 물을 포도주로 만든 것이라는 얘기를 들었어요. 파티를 좋아하는 구세주라! 사람들이 그를 주목하기 시작했지요.

해설자   예수는 "하나님을 바라보십시오! 하나님을 믿고 죄의 길에서 벗어나십시오!" 하고 메시지를 전하면서 두루두루 여행했습니다.

요한 마가   이야기를 들려주는 그의 말에는 권위가 있었어요. 그에게는 뭔가 남다른 게 있었어요. 그러면서 평범한 사람으로 보였지요. 이상했어요. 그는 여러 면에서 보통 사람과 같으면서 달랐거든요. 사람들은 그의 이야기를 듣고 싶어 했어요.

해설자   종교지도자들은 그의 말을 듣기 싫어했어요. 예수가 자기가 하나님의 아들이라며, 자기를 통해서만 하나님께 갈 수 있다고 주장하는 그를 싫어했어요. 사람들 생각과 마음과 삶이 변해야 한다는 그의 설교를 종교지도자들은 듣기 싫어했습니다.

요한 마가   예수는 사람들에게 새로운 삶을 살도록 가르쳤어요.

해설자   많은 사람들이 예수를 따랐지요. 아주 가까이서 따라다닌 자들도 있었습니다.

요한 마가   나는 거리를 두고 그를 따라다녔어요. 얼마만큼 가까이 가야 하는지 확신이 없었거든요. 가까이 가는 게 안전한 건지 아닌지 확신이 서질 않았거든요.

해설자   어느 날 예수의 친구 한 사람이 그를 관헌에게 넘겼어요.

요한 마가   그날 밤 나는 겟세마네 동산에 있었기 때문에 잡혀가는 광경을 전부 목격할 수 있었어요.

해설자   관헌들은 예수를 붙잡아 당국에 넘겨 그를 죽이도록 했습니다.

요한 마가	난 겁이 났어요. 관헌들이 날 붙잡았는데 난 몸부림쳐서 옷이 벗겨진 채 도망갔지요. 내의 바람으로 줄행랑쳤어요.
해설자	관헌들은 예수를 거대한 나무 십자가에 옷을 벗긴 채 못 박아 달아맸습니다.
요한 마가	난 멀리서 지켜보았어요. 예수가 죽을 때 사람들은 그에게 욕을 하고 모욕적인 행동을 했어요.
해설자	"거기서 내려와 보시지!" 사람들이 조롱조로 소리쳤습니다. "네가 하나님의 아들이면 어디 한번 증명해보시지!"
요한 마가	그러나 예수는 그때 그 자리에서는 증명해보이지 않았어요. 그는 큰 소리로 말했어요. "아버지, 저들을 용서하소서! 저들을 용서하소서!"
해설자	그러고는 숨을 거두셨습니다.
요한 마가	아버지라니? 어떤 아버지? 어떻게 아버지가 자기 아들을 죽인 사람들을 용서할 수 있었나요. 정말로 그의 아버지라면—?
해설자	그곳에 서 있던 한 로마 병사가 지켜보고는 말했어요. "저 사람은 진정 옳은 사람이다."
요한 마가	예수를 위해 나서지 못한 내 자신이 너무 부끄러웠어요. 가까이 가지도 못했어요. 난 예수를 친구라 불렀던 다른 사람들과 똑같이 그저 도망만 갔어요.
해설자	예수의 친구 두 명이 그의 시신을 묻어주었습니다.
요한 마가	모두들 슬퍼했지요. 그가 정말로 죽었다는 사실이 믿기지 않았어요.
해설자	그러고는 주일 날 아침 여인들 몇이서 예수의 시신에 향신료를

발라드리려고 무덤으로 갔어요.

요한 마가   소문이 불같이 번졌어요. 믿기지 않게 너무나 좋은 소문이었어요. 예수가 살아있다고? 예수가 죽지 않고 정말 살아났다고?!

해설자   예수는 그의 제자들과 친지들 앞에 나타났어요. 그리고 그들에게 말했어요. "난 나와 당신들의 하나님에게로 간다. 나의 아버지이자 또 당신들의 아버지께로 간다."

요한 마가   나의 아버지라고? 나의 아버지께로 간다고? 그러니까 내가 예수 가족이란 말이구나. 내 신앙을 통해서 내가 정말 예수 가족이 되었구나!

해설자   예수가 하늘나라로 가신 후 그의 제자들은 예루살렘에서 기다렸어요.

요한 마가   저희들은 우리 어머니 집에 모여 약속하신 성령을 기다리고 기도하면서 많은 시간을 보냈어요. (사도행전 12장:12)

해설자   성령이 우리에게 충만히 임했어요. 저희는 전국을 누비며 예수의 가르침을 전도하기 시작했습니다.

요한 마가   전 바울의 전도여행에도 함께 했어요. 내 이름은 요한 마가인데 사람들은 모두 날 그냥 마가라고 불러요. 내가 예수 이야기 쓴 사실도 아시지요? 마가복음이 내가 쓴 책인데 독창성이 꽤 있다고 생각지 않으세요?

해설자   그때부터 예수는 온 세상에 감동을 주고 사람들 삶에 영향을 미치면서 큰 변화를 가져왔지요.

요한 마가   난 예수를 만난 후 완전히 달라졌어요. 누구든지 예수를 만나면 완전히 새사람이 되어 달라집니다.

26

광야의 예수

근거 마가복음 12장:12-13, 누가복음 4장:1-13

배경 예수님이 세례받으신 직후 성령은 그를 사막으로 인도하여 마귀
의 시험을 받게 했다. 그러나 예수님은 마귀의 끈질긴 유혹에 한
번도 굴복하지 않고 매번 하나님의 말씀으로 이를 물리쳤다.

해설자	예수님이 요단강에서 세례받은 후 성령은 그를 광야로 인도했습니다.
천사	나도 전부 지켜보면서 그곳에 있었지요. 하나님이 우리 몇 천사들을 예수를 돕고 위로해주도록 함께 광야로 보내셨습니다.
해설자	예수님은 거의 여섯 주 동안 음식을 먹지 않았어요. 배가 무척 고프셨지요.
천사	난 예수의 뱃속에서 들리는 꼬르륵 소리를 들을 수 있었습니다. 천사인 나는 배고픈 게 어떤 건지 모르지만 꼬르륵 소리가 좋게 들리지는 않았어요.
해설자	40일 동안 마귀는 예수님을 유혹했습니다.
천사	예수가 어떻게 견딜 수 있었는지, 어떻게 그걸 다 이겨냈는지 정말 모르겠어요. 유혹을 그렇게 오랫동안 이겨낼 수 있는 인간은 예수 이전에도 없었고 이후에도 없었습니다.
해설자	마귀가 예수님께 다가와 말했어요. "네가 주장하듯이 정말 하나님의 아들이거든 이 돌들을 떡이 되게 해보렴."
천사	마귀는 예수를 유혹했어요. 그렇게 할 수 없으면 자기가 하나님의 아들이라는 예수의 주장이 거짓이라는 것이지요. 그러나

진정 그가 돌들이 떡이 되게 하면 그것은 그가 하나님을 의존하는 게 아니라 자신의 권능을 의지하는 것이 되지요. 난 생각했어요. 이건 함정이다! 게다가 40일이나 굶주린 예수가 굴복할지도 모르지 않는가.

해설자 그러나 예수님은 말씀했어요. "아니다! 성경은 사람이 빵만으로 살 수 없고 하나님의 말씀으로 살아야 한다고 하셨다."

천사 휴! 예수가 정말 대답을 잘했어요! 성경을 의지하고 살아야 한다는 말은 이치에 딱 맞지요.

해설자 그러자 마귀는 예수님을 높은 산꼭대기로 데리고 가서, 산 아래 펼쳐 있는 모든 왕국들을 보여주었습니다.

천사 마치 영화 장면같았지요. 온 세상의 모습이 예수의 눈앞에 펼쳐졌습니다. 저희 천사들도 다 보았어요.

해설자 마귀는 예수님에게 자기를 섬기기만 하면 모든 왕국들의 통치권과 영광을 주겠노라고 했습니다.

천사 예수는 마귀와 논쟁하지 않았어요. 내 말은 비록 전지전능하신 하나님의 말씀이 결정적이고 절대적이지만, 이 세상을 지배하는 건 마귀잖아요. 더군다나 이제 막 전도 사역을 시작하려는 초년병에겐 엄청 큰 유혹이거든요.

해설자 그러나 예수님은 말씀하셨어요. "성경은 오직 하나님만을 섬겨야 한다고 쓰여 있다. 난 너를 섬기지 않을 것이다."

천사 둘은 서로 전혀 다릅니다. 예수는 자신의 힘보다는 진정 하나님 말씀을 의존했습니다. 남아있는 힘도 없었고요. 밥도 빵도 그 아무 것도 먹지 못하고 지낸 상태였으니까요.

해설자	그러자 마귀는 예수님을 교회 탑 높은 곳으로 데리고 갔습니다. "자, 네가 정말 하나님의 아들이거든 여기서 뛰어내려 보아라. 성경은 하나님의 천사들이 너를 보호할 것이라고 쓰지 않았느냐?! 증명해보려무나!"
천사	난 단단히 준비하고 있었지요. 예수가 뛰어내리는 순간 단번에 붙잡아주려고요. 그래서 그가 하나님의 아들임을 증명해 보여주려고 말입니다. (*천사는 떨어지는 사람을 잡아줄 양으로 두 팔을 벌린다.*) 염려 말고 뛰어 내려요, 예수여. 하나님의 아들임을 증명해 보여주세요. 내가 붙잡아드릴게요! 약속합니다!
해설자	예수님은 "하나님을 시험하지 말라" 하고 고개를 저었습니다.
천사	(*벌린 팔을 내리고*) 허! 미처 그 생각을 못했네. 증명해보이고 싶은 욕심이 앞서서 그만 생각이 짧았구나. 만사에 하나님 말씀에 충실한 예수는 정말 훌륭합니다.
해설자	그 순간 마귀는 사라졌습니다.
천사	그러나 우린 마귀가 돌아올 것을 알지요. 마귀는 언제나 돌아옵니다.
해설자	그리고 천사들은 예수님을 돌봐주기 위해서 왔습니다.
천사	마귀는 교활해요. 여러분이 생각지 못할 때 뒤쫓아 오지요.
해설자	피곤해서 지쳐 있거나 심신이 약할 때—
천사	마귀를 물리칠 유일한 방법은 하나님과 하나님 말씀에 의지하는 것뿐입니다.
해설자	바로 예수님이 그렇게 하신 것처럼 말이지요.

27
—

무덤 이야기

근거 마가복음 5장:1-20

배경 예수님은 귀신보다 훨씬 더 강력했다. 마가는 묘지에서 지내던 군대마귀 들린 남자를 어떻게 예수님이 해방시켜주는지를 기록하고 있다. 귀신에게서 해방된 이 남자는 예수님과 함께 지내기를 원했으나 예수님은 그를 집으로 보내어 그의 가족에게 예수에 대한 이야기를 전하도록 한다. 그는 초대 기독교사에서 (거라사 지역의) 열 개의 도시에서 전도한 첫 전도자이다.

```
┌─────────────────────────────────────────────────┐
│  • 형식: 2인 독백극                                │
│  • 화자 ┌ 베드로                                   │
│         └ 귀신들린 자: 예수님이 귀신으로부터 해방시켜준 군대  │
│              마귀에게 사로잡힌 남자                  │
└─────────────────────────────────────────────────┘
```

베드로　　난 무서워했던 것을 인정합니다. 그때 그곳에 있었던 우리 모두가 다 무서워했어요. 우리가 타고 있던 배가 바닷가에 닿았을 때 안개가 물위에서 올라오고 멀리 언덕 근처에는 무덤들이 보였어요. 그때 누군가 크게 울부짖는 소리가 들렸어요.

귀신들린 자　　내 마음속에 온갖 것들이 요란하게 요동쳤지요. 몇 날, 몇 달, 몇 년을 그렇게 속이 들끓었어요. 그런 나를 구해주려고 사람들이 별 짓을 다 해보았지만 아무 소용이 없었어요.

베드로　　우리 일행이 배에서 나오는데 안갯속에서 이상한 소리가 들려 모두 긴장하고 무서워서 숨죽이고 있었어요. 언덕 위 무덤가에 미친 자가 있다는 얘기를 들은 적은 있거든요. 모두 그 소문은 알고 있었어요.

귀신들린 자　　동네 사람들은 날 쇠사슬에 묶어 두려고 했지만 난 종잇조각 찢듯 쇠사슬을 끊어버렸어요. 결국 사람들은 나한테 오지 않게 되었지요. 아무도 오지 않았어요. 나를 죽은 시체들과 함께 무덤 옆에 버려두고 모두 가버렸어요.

베드로　　그때에 예수께서 나한테 말씀했어요. "베드로야, 배를 묶어

놓고 가보자." 난 무서워하면서 말했어요. "으으 저— 저 무무—덤가로요?"

귀신들린 자 난 내 정신이 아니었습니다. 그때 내가 어땠는지 지금은 돌이켜보면 알 수 있지요. 자신을 전혀 통제할 수가 없었거든요. 때로는 내 머리를 무덤 비석에 박을 때도 있고 뾰족한 돌멩이로 내 몸을 찔러서 온통 상처를 낼 때도 있었으니까요. 내 마음 한 구석은 내가 무슨 짓을 하는지 알기도 하면서 또 한편 이러면 안 된다, 그러지 않으려고 했지만 어쩔 도리가 없었어요. 아무리 애써도 통제가 안 되고, 달리 내 자신을 어떻게 해볼 힘이 없었어요.

베드로 사람들은 그자가 귀신 들렸다고 하더군요. 어떤 것으로도 그를 저지할 방법이 없었다고 합니다. 밤이고 낮이고 언덕을 배회하면서 소리 지르고 울부짖고 자기 몸을 해치고 누구든 그를 저지하려는 자에게 무섭게 덤벼들고 공격했다고 합니다.

귀신들린 자 예수님이 바닷가에 닿자 난 그를 향해 달려갔어요. 난 열려있는 무덤에서 썩어가는 시체 옆에 앉아 뼈를 갖고 놀고 있었는데, 예수님이 바닷가에 내리는 것을 예감했어요. 그가 누구인지 왜 오는지 알 것 같은 느낌이 들었어요. 내가 예수님을 향해 달려갈 때 내 안에 있는 귀신들은 내가 그를 죽이고 싶어서 간다고 생각했겠지요.

베드로 그가 안갯속에서 나타나서 미친 사람처럼 부르짖으며 예수님께 달려갈 때 나는 예수님이 기절해서 쓰러지는 줄 알았어요. 그런데 . . .

귀신들린 자   난 내 속에서 끓어오르는 온갖 증오심에도 불구하고 예수님 앞에 무릎 꿇고 주저앉았습니다.

베드로   그 다음 일어난 일을 난 믿을 수가 없었습니다.

귀신들린 자   난 목청을 있는 대로 뽑고 소리 질렀어요. "하나님의 아들 예수여, 제게 무엇을 원하십니까? 절 괴롭히려고 오셨습니까?"

베드로   예수님이 말씀하셨습니다. "너 더러운 영아, 이 사람 안에서 나오너라! 이 남자 안에서 나오너라!" 예수님은 전혀 겁내지 않았어요. . . . 눈곱만큼도! 그리고 예수님은 그에게 이름이 뭐냐고 물었어요.

귀신들린 자   (*귀신소리를 내며*) "우린 수가 많아서 군대마귀라고 합니다."

베드로   귀신들은 예수님께 반복해서 자기들이 군대를 벗어나지 않게 해달라고 간청했습니다. 그것들이 예수님을 두려워하는 것을 알 수 있었지요. 그 귀신들은 예수님이 무슨 일을 하실지 무서워서 겁을 내고 있었습니다.

귀신들린 자   그 근처에 한 무리 돼지 떼가 있었어요. 내 안에 있는 악령들이 소리 질렀어요. (*귀신소리를 내며*) "우리를 저 돼지한테로 보내주세요! 우리가 돼지 몸 안으로 들어가게 해주세요!"

베드로   갑자기 2,000마리 쯤 되는 돼지 떼가 가파른 언덕을 달려 내려와서 물속으로 들어갔습니다. 한 마리도 남지 않고 모조리 빠져 죽었어요. 그렇게 많은 귀신들이 이 남자 한 사람 몸속에 들어 있었다는 사실이 너무나 끔찍했습니다. . . .

귀신들린 자 예수님이 나가라는 그 말을 하는 순간 귀신들이 다 나가고 난 변화된 내 몸을 느낄 수 있었습니다. 내가 자유로워진 겁니다. 수년 만에 처음으로 느끼는 자유였어요! 다시 살아난 기분, 잃어버렸던 내 인생을 다시 찾은 그 기분 말입니다!

베드로 놀란 마을 사람들이 모여들었고 충격을 받았어요. 그들은 자기 눈을 믿을 수 없어했는데, 그건 우리도 마찬가지였어요. 조금 전까지도 미치광이로 날뛰던 자가 옷을 입고 예수님 발 앞에 순하게 앉아 있는 모습이 믿기지 않았거든요.

귀신들린 자 사람들은 나를 보고 무서워했어요. 내 앞에 있는 예수님의 권능을 두려워한 거지요. 마을 사람들은 예수님이 떠나 주기를 바랐습니다. 그렇지만 나는 예수님이 무섭지 않았어요. 나는 오히려 예수님이 떠나지 않고 머물러주기를 바랐지요. 난 예수님과 영원히 함께 있기를 원했습니다.

베드로 우리 일행이 배 있는 곳으로 돌아갈 때 귀신들렸던 그 남자는 우리와 함께 가게 해달라고 간청했습니다. 그러자 예수님은 "아니다. 너는 집으로 돌아가거라. 너의 가족에게 하나님이 너를 위해 어떤 일을 하셨는지 알려라. 너에게 보여주신 하나님의 자비가 얼마나 큰가를 가서 알려라." 이렇게 말씀하셨습니다.

귀신들린 자 그래서 나는 예수님이 시키신 대로 했어요. 지금도 그 일을 계속하고 있지요. 내가 만나는 사람마다 예수님이 보여주신 일을 전하고 있습니다. 내 말을 듣는 이들은 모두가 예수라는 분의 기적적인 권능에 놀라워하고 있습니다.

28

지붕타고 내려오기

근거 마가복음 2장:1-12

배경 초기 전도 시절 예수님의 비범한 능력과 비상한 주장은 유명했다. 이 이야기에서 그의 병 고치는 능력 이외에 병 중의 병인 죄악을 씻어주는 능력도 보여주셨다. 아픈 친구의 병을 고쳐주려고 친구들이 그를 예수께 데려오기 위해 온갖 방법을 다 동원하는 모습을 볼 수 있다.

• 형식: 2인극	
• 화자: 봉희, 봉수	

봉희 오늘 들려드릴 예수님에 관한 이야기는 아주 근사하고 재미있고 그리고 희한한 내용입니다.

봉수 난 이야기를 정말 좋아해, 봉희야.

봉희 너 그럼 이 이야기를 벌써 알고 있니, 봉수야?

봉수 그건— 저—

봉희 모른다는 거지?

봉수 몰라.

봉희 그런 줄 알았어. 이 얘기는 가버나움에서 생긴 일입니다. 예수가 방금 도착했다는 소문이 급속히 퍼졌지요.

봉수 곧바로 신문사, 방송국 기자들이 몰려왔습니다. (*자기 가슴을 때리면서 붕붕 소리를 낸다.*)

봉희 너 왜 그래?

봉수 헬리콥터 소리야. 12시 뉴스.

봉희 헬리콥터 같은 건 없었어.

봉수 아! (*가슴 때리기를 멈춘다.*)

봉희 사람들이 얼마나 많이 밀려왔는지 실내는 꽉 차서 더 이상 한 사람도 발 들여놓을 틈이 없었습니다.

봉수 그래서 못 들어간 사람들은 헬리콥터를 탔습니다.

봉희   네 명의 남자들이 매트에 친구를 눕히고 데려왔지요.

봉수   매트 위에 누운 남자는 사람들이 너무 많아서 몸을 일으킬 수도 없었어요.

봉희   그게 아니고 이 남자는 몸이 마비되어 일어날 수 없는 환자였어.

봉수   그런 거였어?

봉희   그랬습니다. 그의 친구들이 아픈 친구를 매트에 눕혀서 예수님께 떠메고 왔는데 사람들이 너무 많아서 실내에 들어갈 수가 없었습니다.

봉수   그래서 어쨌어?

봉희   그들은 지붕으로 올라갔어요—

봉수   헬리콥터를 이용했으면 됐을 텐데. 헬리콥터를 이용할 것이지!

봉희   헬리콥터 같은 건 없었다니까! 이들은 지붕으로 올라가서 지붕을 뚫기 시작했어요.

봉수   뭐? 지붕에 구멍을 뚫었다고?!

봉희   네, 그랬습니다.

봉수   아니, 그 사람들이 무슨 짓을 하려고? 번지점프라도 하려고?

봉희   봉수야, 너 너무 앞서간다. 그런 게 아니고, 매트를 줄로 매달아서 아픈 친구를 그 위에 눕히고 지붕 아래로 내려 보냈던 거야.

봉수   예수님이 설교하고 계신 중에 그런 일을 벌였다는 거야?!

봉희   그랬어.

봉수	내가 설교 듣는 중에 그런 일이 있으면 얼마나 좋을까! 신나는 구경거리일 텐데. 틀림없이 졸지도 않았을 테고.
봉희	오—
봉수	그 아픈 친구는 놀라서 기절했겠지? "이 친구들이 자칫 잘못해서 매트를 놓치기라도 하면 난 떨어져 죽을 수도 있구나. 몸이 다 부러져서 영원히 마비될 수도 있겠구나!" 하고 걱정이 태산 같았을 겁니다.
봉희	봉수야, 그 환자는 이미 영원히 마비된 상태였어.
봉수	아, 그렇다고 했지, 참.
봉희	친구들이 그를 천천히 예수님 바로 앞에 내려놓았습니다. 이들의 믿음을 보신 예수님은 감동받으셨지요. "친구여, 네 죄가 사함 받았노라"고 하셨어요.
봉수	그 친구들이 아픈 친구를 고쳐주려고 데려온 것 아니었어? 난 그런 줄 알고 있는데.
봉희	그랬어. 예수님은 그러나 가장 중요한 문제를 우선 해결해주셨습니다. 걸어 다닐 수 있는 것보다 훨씬 더 중요한 것은 믿음을 갖는 일이지요.
봉수	그런 거야?
봉희	물론이지. 그 일이 가장 중요한 일이지.
봉수	그렇구나. 이전엔 그런 생각을 못해봤어.
봉희	모든 바리새인들이 그 말을 듣고—
봉수	바리새인은 또 뭐야?
봉희	바리새인은 예수님 시대에 있던 종교지도자들이었어.

	이 지도자들은 유대법을 따르는 데 관심이 대단했지. 때때로 이들은 율법을 더 중시하다보니 우리의 믿음이 하나님과 옳은 관계에 있는지 살피는 것을 잊어버렸어.
봉수	그러니까 그 사람들은 매우 종교적이어서 법 걱정만 일삼았다는 거지? 알만하다.
봉희	바리새인은 예수님이 말씀하신 용서에 대한 얘기를 듣고 생각하기를, "용서는 오직 하나님만이 할 수 있는 일이다!"
봉수	그건 그 사람들 말이 옳은 것 아닌가?
봉희	그래 옳았어. 바리새인은 예수님이
봉수	"내가 하나님 아들이다"라는 주장을 문제 삼았다 이거지?
봉희	맞았어. 예수님은 말씀하셨어요. "영혼을 치료하기보다 병든 육신을 고쳐주는 일이 쉽다. 영혼을 치료하는 어려운 일을 보여줌으로써 진정 죄를 용서하는 권세도 내게 있다는 사실을 당신들은 알게 될 것 아니냐."
봉수	그리고는 예수님은 아픈 남자를 돌아다보시고, "일어나라. 매트를 들고 집으로 가거라."
봉희	그 순간 아픈 남자는 벌떡 일어나서 매트를 집어 들고 군중을 뚫고 나갔습니다.
봉수	모두들 눈을 휘둥그레 뜨고 놀랐습니다.
봉희	모두들 하나님께 감사드리고 찬양했지요. 이런 일은 난생 처음 보는 일이었거든요.
봉수	특히나 보험회사 직원들 말인데요.
봉희	뭐? 보험회사가 왜 나와?

봉수	보험회사 직원들 말인데. 알잖아. 뚫어놓은 지붕 보수공사는 누가 할 거야? 공사비는 누가 댈 거고?
봉희	성경엔 그런 말은 없어. 그리고 그건 문제가 안 돼.
봉수	문제가 안 되다니! 무슨 소리야? 눈이나 비가 오면 어쩌려고? 바닥장판도 전부 다시 깔아야 할 테고.
봉희	장판 같은 건 없었어.
봉수	그럼 카펫을 깔았나?
봉희	봉수야, 오늘 얘기에서 중요한 문제는 용서야. 그것만 기억하자. 뚫어진 지붕 값을 환자 친구들이 지불했든지 고침 받은 친구가 냈든지, 아니면 예수님이 내주셨든지, 아니면 집주인이 알아서 다 고쳤든지.
봉수	(*진리를 깨달으면서*) 알았어. 집수리 문제는 용서받은 죄와 고침 받은 마비환자 문제와 비교가 안 된다는 거지.
봉희	그렇지.
함께	이상입니다.

29

베드로: 반석이 된 영웅

근거 마태복음 14장:22-33, 베드로 전서

배경 베드로는 초대교회의 위대한 지도자의 한 사람이었다. 성격이 불같이 급한 어부였던 그는 때로는 생각보다 말과 행동이 앞서는 사람이었다. 그는 예수의 충실한 제자로 초대 기독교시기에 활기넘치는 지도자가 되었다.

- 형식: 스포츠 중계
- 화자: 김보우와 이기린은 TV 스포츠 아나운서들로 베드로의 삶을 한 면씩 보여주는데 특히 물위로 걷는 장면을 중계한다. 김보우는 모든 것을 아는 것 같지만 무언가 실마리를 잘 못 잡는, 약간 무지해 보이는 데 비해서 이기린은 답을 옳게 해준다.

보우 〈국제 성경 스포츠 쇼〉를 관람하시는 여러분 안녕하십니까?

기린 스포츠 쇼는 스포츠의 행동을 보여주는 쇼입니다. (*태권도시범 시늉을 보여준다.*)

보우 오늘의 쇼는 기록도서관에 보관되어 있는 옛날에 있었던 하이라이트를 보여드리려고 합니다. 맞지요, 기린 씨?

기린 예, 맞습니다, 보우 씨. 이번에 보여드릴 에피소드는 지금까지 방송해드린 것 가운데 가장 용감한 흥미진진한 쇼입니다. (*두 사람은 돌아서서 선글라스를 낀다. 다시 돌아서서 관객을 향하여 마치 이전에 있었던 쇼를 중계하는 것처럼 한다.*)

기린 자 보우 씨, 우린 지금 갈릴리 바닷가에 나와서 중계하고 있습니다!

보우 그렇습니다. 우린 그때 그 시절을 중계하고 있는 거지요! 예수께서 조금 전 잠시 휴식을 취하려고 산으로 올라가는 참이었지요.

기린   그렇습니다. 예수님은 매일매일 그의 코치와 대화하며 많은 시간을 보내고 계십니다.

보우   그의 아버지하고 말이지요.

기린   그렇지요.

보우   그의 하나님 아버지하고 말이지요.

기린   그렇지요. 그렇게 해서 그날그날의 게임계획을 미리 체크하고 계셨지요.

보우   대단한 책략입니다!

기린   (*게임이 시작하려는 듯 앞을 내다본다.*) 자 지금 예수님 팀이 바닷가에서 막 출범자세를 취하고 있습니다.

보우   바람이 일기 시작하네요. (*기린과 다른 무대도움이가 부채로 바람을 일으킨다.*) 갑자기 바람이 세지는데요. 하늘 위 저 구름이 심상치 않습니다. 선수들은 일기변화를 모르고 있나 봐요. 내가 보기에는 비가 곧 쏟아질 것 같은데. (*기린은 보우에게 대고 물뿌리개로 물을 뿌린다.*) 음— 빗방울이 떨어집니다. 비가 올 것 같다고 내가 말했지요.

기린   아, 비가 오네요. (*멀리 뭔가를 주목해 본다.*) 저게 뭐야? 저기 좀 봐요! 꼭 예수님 같은데. 맞아요. 예수님이 산에서 내려오십니다.

보우   예수님 같은데 . . . 그렇군요. 예수님 맞아요. 그런데 바닷가로 걸어가시네. 아니, 저길 봐요! 바다위로 걸어가시는데요! 다시 말하는데 예수님이 파도 위를 가로질러 걷고 계십니다!

기린   어찌 이런 일이! 믿을 수가 없어!

보우	놀랍군요!
기린	정말 놀랍군요! 보우 씨, 저렇게 바다 위에서 움직이려면 서핑보드가 있어야 하지 않습니까? 저 스타 선수는 그런 게 필요 없는 모양입니다. 저 선수가 새로운 파도타기 스포츠를 개발했어요!
보우	바람도 파도도 아랑곳하지 않는군요. 예수 선수가 바다 위를 걷고 있습니다. 다시 말하는데, 선수 예수가 물 위를 걷고 있어요!
기린	요즘 유행하는 물위에 뜨는 신발을 신고 있는 건 아닌지 궁금합니다. . . . (*선수들 신상 기록지를 들여다본다.*) 아닌데요. 여기 신상 기록지에 의하면 그런 신발을 사용한다고 쓰여 있지 않은데요.
보우	(*멀리 바라보면서*) 제 눈에도 그런 신을 신은 것 같아 보이지는 않아요.
기린	믿을 수가 없습니다!
보우	놀라워요! 다시 말하는데 놀라워요!
기린	밀려오는 파도를 또 타는군요.
보우	어머머— 저 폼 좀 보세요!
기린	멋진 폼입니다.
보우	정말 기막힌 모습이지요, 기린 씨. 속도도 대단해요.
기린	(*기록지를 보면서*) 여기 선수 기록지를 보면 예수는 목수라고 쓰여 있네요!
보우	목수 팀은 전국 지역 팀인가요? 아니면 국가대표 팀인가요?

기린	목수들은 운동 팀이 아닙니다.
보우	아 목수들은 가수 그룹이었지요? 아닌가요?
기린	예수는 집 짓는 목수였어요.
보우	아 그랬군요.
기린	예수는 걸그룹처럼 노래 팀으로 다닌 적이 없어요.
보우	그건 확실해요?
기린	으음— 그래요. 그 정도는 보우 씨도 아는 줄 알았는데 . . .
보우	맞아요. 저도 그 정도는 알고 있었어요.
기린	저길 보세요. 예수님이 배 있는 데까지 갑니다. 파도가 얼마나 거센지 배가 곧 뒤집힐 것 같습니다.
보우	(*기린은 물뿌리개로 보우에게 물을 다시 뿌린다.*) 다시 말하는데 파도가 배를 때리고 있어요!
기린	배를 때린다고요? 배를 덮친다는 뜻이겠지요?
보우	맞아요, 바로 그 뜻이어요. (*기린은 보우에게 또 물을 뿌린다.*)
기린	선수들이 엄청 겁이 나 있습니다.
보우	선수들이 너무나 무서워하고 있어요. 다시 말하는데 선수들이 정말 무서워하고 있어요.
기린	지금 저 장면을 되돌려 보겠습니다. 실제 선상 모습을 봅시다.
	. . .
보우	(*배 위에서 흔들리는 시늉을 한다.*) "아이고— 아— 아—!"
기린	지금 그 광경을 바로 보여주세요. (*리모트 컨트롤러를 보우에게 겨냥한다.*)
보우	(*다시 배에 있는 시늉을 한다.*) "아이고— 아— 아—!"

기린	보우 씨가 저기 저 사람들 소리를 바로 들려주었습니다.
보우	혹시 청중들은 그 소리를 예수님 소리로 듣지는 않았을까요?
기린	어림없는 소리지요!
보우	예수님은 유니폼을 입고 있지 않은가요?
기린	예수님은 유니폼을 입고 있지 않아요.
보우	그건 나도 알아요. . . . 그렇지만 저 사람들 소리는 공포에 질린 소리예요. 혼이 빠진 것 같아요.
기린	그야 보우 씨도 저런 상태에서는 혼이 나가게 되어 있어요. 작은 배를 타고 바다 한가운데서 허리케인 같은 태풍을 만났다고 가정해봐요. 그런데 그 속에서 이상한 형체가 물 위에 떠오르는 걸 보면, 보우 씨는 그게 마치—
보우	유령 같다는 말이지요?
기린	그렇지요.
보우	보세요. 베드로가 배 밖으로 나왔어요! 다시 말하는데 베드로가 바다로 들어갑니다!
기린	보우 씨 말은 베드로가 배 밖으로 나온다는 말이지요?
보우	네 맞아요. 내 말이 그 말이어요!
기린	예수님은 베드로를 "반석"이라고 불렀지요.
보우	그 반석이 물 위에 떠 있기를 우리 모두 바랍시다!
기린	저걸 봐요. 믿을 수가 없군요!
보우	예수를 향해 물 위를 걷고 있군요!
기린	팀이 힘을 합쳤어요!
보우	에구머니, 어쩌나 베드로가 물속으로 가라앉고 있어요! 다시

말하는데—

기린 음— 보우 씨, 모든 걸 자꾸 다시 말할 필요는 없어요.

보우 그래요. 내 말이 그 말이어요.

기린 예수님이 베드로를 건져내고 있습니다! 방금 본 그 장면으로 다시 돌아가 봅시다! (*리모트 컨트롤러를 다시 보우에게 겨 냥한다. 보우는 가라앉았다 일어났다 하는 시늉을 반복한다. 감정표현을 행동으로 보여준다.*)

기린 (*숨을 헐떡이며*) 베드로가 한순간 의심을 했군요. 그러나 예 수님이 그를 붙잡아주어 난관을 이겨냈습니다.

보우 믿을 수가 없어요!

기린 놀라운 일입니다. 진정 놀랍습니다! (*두 사람은 돌아서서 선 글라스를 벗는다. 다시 돌아서서 관중을 향해 현재의 쇼에 등장한 척한다.*)

보우 정말 대단했어요.

기린 베드로에게는 그밖에도 많은 중요한 사건들이 있었습니다. 사건 몇개를 영상으로 보실까요? (*기린은 영상을 하나씩 설 명한다. 보우는 운동경기의 중요 장면을 보여주는 시늉을 한 다.*) 이건 베드로가 고기 잡는 그물을 버리고 예수를 따라가 는 장면이네요. . . . (*잠시 멈추고 리모트 컨트롤러를 보우에 게 맞춘다. 보우는 행동한다.*) 여기는 예수를 전혀 모른다고 베드로가 부인하는 장면이군요. 한판 맞붙는 멋진 장면을 연 출할 수 있었는데 베드로는 그걸 놓쳤어요. . . . 여기는 겟세 마네 동산에서 그 종놈의 귀를 자르는 장면입니다. . . . 이건

감옥에서 천사에게 이끌려서 나오는 장면이고 . . . 이건 병
자들을 고쳐주는 장면이고 . . . 우와, 저 군중들 좀 보세요.
굉장하네요! 베드로 설교를 들으려고 3,000명이 운집한 장면
입니다. (마태복음 4장:18-20, 마태복음 26장:69-75, 요한복
음 18장:1-11, 사도행전 3장:1-10, 사도행전 2장:14-41)

보우   베드로는 확실히 예수님 팀의 최고 스타였지요.

기린   틀림없는 사실입니다. 사실 예수님은 고향 경기장으로 돌아
가기 전에 베드로를 그 팀의 주장으로 세웠거든요. (마태복음
16장:18)

보우   맞아요, 기린 씨. 그랬어요.

기린   시청자 여러분, 다음번 〈국제 성경스포츠 대회〉를 기대해주
시기 바랍니다.

보우   다시 만날 때까지 안녕히 계십시오. 지금까지 진행에 김보우
기린   그리고 이기린이었습니다. 이상 마치겠습니다!

30

요한: 예수의 친구

근거 마태복음 4장, 사도행전 12장:1-2, 요한 1, 2, 3서

배경 1세기 때 살았던 요한과 야고보는 어부들이었으나 생업을 뒤로 하고 예수님을 따른 제자들이었다. 비록 요한(과 그의 형제 야고 보)은 야심으로 갈등이 있었지만, 겸손히 예수를 따르면서 타인 을 위한 진정한 사랑의 본을 보인 점이 요한 인생의 특색이었다. 그의 삶과 그가 쓴 글들은 사랑을 행동에 옮기는 중요성을 강조 하고 있다. (요한 1서 13장:18)

봉희　　오늘의 이야기는 요한이라는 사람에 대한 것입니다.

봉수　　요한과 그의 형제 야고보는

봉희　　예수님의 가장 가까운 친구들이었습니다.

봉수　　야고보와 요한은

봉희　　요한과 야고보는

봉수　　세베대의 아들들이었지요. (마태복음 4장:21-22)

봉희　　예수님은 이들을 가리켜 우뢰의 아들이라고 불렀어요!

봉수　　우뢰의 아이들?

봉희　　두 아들들이 아버지 세베대와 함께 그물을 고치고 있는 것을 보신 예수님은 아들들을 부르셨습니다.

봉수　　그래서 세베대의 아들들이라고 부르는 거니, 봉희야?

봉희　　그런 거지. 그래서 요한 형제는 예수님을 따라 나섰습니다.

봉수　　아버지 세베대를 배에 두고 말이지요.

봉희　　그리고 예수님과 함께 지내는 동안 요한은

봉수　　그리고 그의 형제 야고보는

봉희　　예수님과 같이 많은 모험을 했습니다.

봉수　　캠핑도 많이 했고.

봉희　　예수님 말씀을 들으면서—

봉수	귀신 쫓아내는 것도 지켜보고―
봉희	물 위로 걷는 것도 보고―
봉수	병자들 고치는 것도―
봉희	죽은 자를 살려내는 것도 보았지요.
봉수	(광적인 과학자 흉내를 낸다.) "죽은 자가 살아났어요. 선생님! 살아났어요!"
봉희	그러나 인생을 완전히 바꿔놓는 일이 요한에게
봉수	그리고 그의 형제 야고보에게 일어났습니다.
봉희	봉수야, 너 왜 자꾸 그의 형제 야고보를 끼워 넣는 거니?
봉수	그거야 둘이 서로 형제니까.
봉희	알아. 그런데 좀 방해가 된다.
봉수	알았어.
봉희	어쨌든 요한이
봉수	그리고 그의 형제 야고보가
봉희	야고보는 빼지 그래.
봉수	알았어.
봉희	그래서 요한은 . . . (봉수가 또 따라 말하기를 기다린다.) 너 야고보 소리 안 해?
봉수	네가 하지 말랬잖아.
봉희	알았어. 요한이 (말을 멈추고 봉수를 본다.)
봉수	계속하라고.
봉희	오케이. 좋았어. 그래서 요한은
봉수	그리고 그의 형제 야고보는

봉희	네가 그렇게 나올 줄 알았다!
봉수	두 사람은 예수님을 따라 산으로 올라가서
봉희	영광 중에 빛나는 예수님 모습을 보았습니다. (마태복음 17장:1-9)
봉수	진짜 번쩍번쩍했지요.
봉희	으음. 맞아요. 아주 밝고 빛났어요.
봉수	그의 영광이 번쩍번쩍했지요. 봉희야, 영광굴비 생각난다. 우리 할머니가 제일 좋아하시는 반찬이야. 우리 할머니한테 영광은 바로 굴비를 뜻하거든.
봉희	굴비 얘긴 그만하시지.
봉수	번쩍번쩍 빛나는 영광 이야기. 그러던 어느 날 베드로는
봉희	요한과 함께
봉수	그리고 그의 형제 야고보도 함께
봉희	봉수야, 사실 오늘 이야기는 요한에 관한 것이거든.
봉수	아 그렇지.
봉희	그래서 요한은
봉수	그의 형제 야고보는 빼고—
봉희	됐어. 됐다고! 이들은 유월절 음식을 먹고 있었습니다.
봉수	야고보 형제도 함께 있지 않았던 거야?
봉희	네 말이 맞아. 야고보도 같이 있었어. 그렇지만 지금 이야기는 야고보에 관한 게 아니고.
봉수	그렇지만 야고보도 거기 같이 있었잖아.
봉희	어— 그랬어.

봉수 같이 있었다고 해.

봉희 *(한숨 쉬면서)* 그래. 요한과

봉수 그의 형제 야고보도 같이 있었습니다. 히히히.

봉희 이들은 바닥에 앉아 있었지요.

봉수 예수님이 그의 어떤 제자가 그를 배반할 거라는 말씀을 하실 때지요.

봉희 그런데 그 배반자는 예수님 바로 옆에 앉아 있었어요.

봉수 봉희야, 옆에 있던 사람은 요한이었잖아.

봉희 야고보는 아니었지.

봉수 요한이 그의 머리를 예수님 가슴에 기대면서 그 배반자가 누구냐고 물었지요.

봉희 예수님은 빵 접시에 손을 대고 있는 자가 그 배반자라고 하셨어요.

봉수 그 자의 이름은 유다였습니다.

봉희 맞았어요.

봉수 그래서 그날 밤부터

봉희 요한은 자신을 가리켜 예수님이 사랑하는 사도라고 했어요.

봉수 요한은 초대교회 시절 큰 지도자 역할을 했습니다.

봉희 겸손하고 활력 넘치는 그리스도의 종으로서 밧모 섬에 살았지요.

봉수 많은 사람들에게 복음을 들려주었고

봉희 신앙인들에게 용기를 주고 도전정신을 불러일으키고 요한복음서도 썼어요.

봉수	그의 형제 야고보도 같이 썼어요.
봉희	으음— 아니지. 봉수야, 그의 형제 야고보는 책을 쓰지 않았어.
봉수	왜 아니야?
봉희	헤롯왕이 그를 죽였어. (사도행전 12장:1-2)
봉수	아이고!
봉희	그래서 요한은 요한복음 이외에 요한 1서를 썼어요.
봉수	요한 2서도 썼고요.
봉희	요한 3서도 썼어요.
봉수	요한 4서도 썼지요.
봉희	으음— 봉수야, 요한 4서는 없거든.
봉수	없어? 그럼 요한 5서를 썼나?
봉희	요한 5서도 없어. 요한이 쓴 건 요한 1, 2, 3서야.
봉수	요한복음서도 있잖아.
봉희	그렇지.
봉수	아, 요한계시록도 썼잖아. 그 책이 요한 4서가 되겠다!
봉희	그건 요한 4서라고 하지 않고 그냥 요한계시록이라고 합니다!
봉수	그렇지만—
봉희	봉수야, 우리 따지지 말자. 요한 4서라는 것은 없고, 요한 1, 2, 3서 이렇게 세 개가 전부야.
봉수	그리고 요한복음과 요한계시록이 있고 말이지.
봉희	그래.
봉수	그리고 요한에겐 그의 형제 야고보가 있고.

봉희   그래! 그렇다.

봉수   봉희야, 난 하늘나라에 가면 요한을 꼭 만나보고 싶어.

봉희   그의 형제 야고보도?!

봉수   아니, 요한만 만나고 싶어.

봉희   확실해?

봉수   확실해. 전적으로 확실해.

봉희   좋았어.

봉수   요한만 만날 거야─ 그리고 한 사람 더 만날 수도 있어.

　　　　(*한동안 머뭇거린다.*) 요한의 형제 야고보.

봉희   네가 그 말 할 줄 알았다!

31

마리아: 예수님의 추종자

근거 요한복음 11장:1-45, 요한복음 12장:1-11, 누가복음 10장:38-42

배경 예수님과의 관계를 우선순위 1위에 둔 마리아는 사람들이 뭐라고 하든 상관하지 않았다. 마리아는 우리들에게 예수님과의 관계가 어떻게 가까워져야 하는가를 보여주는 본보기이다. 마르다, 마리아, 나사로는 베다니에 살고 있는 삼남매로 세 사람 모두 예수님의 가까운 친구였다. 나사로가 병이 났을 때 예수님은 그가 죽은 후에 그를 방문했다. 예수님은 그의 추종자들에게 나사로가 죽어서 그 결과 하나님과 예수님 자신이 영광 받을 것을 기다렸다고 말씀했다. (요한복음 11장:14) 예수님이 죽은 나사로를 살리는 현장을 보고 많은 사람들이 하나님을 믿게 되자 예수님의 이 예언은 이루어진 것이다. (요한복음 11장:45) 마리아는 예수님에 대한 끊임없는 헌신과 사랑과 믿음을 보여주었다. 마리아는 어떤 일이 있어도 예수님을 우선순위에 두는 좋은 신자의 예를 보여준다.

나사로　우리 누나들은 모두 예수님과 가까운 친구였습니다. 예수님이 가는 곳마다 따라 다녔으니까요.

마리아　우리 언니 마르다하고 나는 친구들로부터 예수라는 예언자에 대한 이야기를 들었어요. 그를 만난 후에 우리는 내 동생 나사로를 그에게 소개했는데 두 사람은 보자마자 서로 뜻이 맞아 사이좋게 지냈지요.

나사로　마르다 누나는 엄청 부지런한 사람이어요. 깔끔이란 말을 들어보셨나요? 누나는 깔끔 마님이었어요. 언제든지 물건이 제자리에 놓여있는지 확인하고, 부지런히 이 구석 저 구석 불고 닦고, 사람들을 초대하고, 밥 짓고, 빨래하고 소제하고 먼지 털고. 어유! 잠시도 가만히 앉아있을 때가 없어요. 난 누나가 움직이는 걸 지켜보기만 해도 어지럽고 피곤하답니다.

마리아　마르다 언니는 마음이 아주 착해요. 그렇지만 이따금 무엇이 우선인지 착각을 일으킬 때가 있어요. 너무 바쁘게 일하다보면 언니는 예수님 곁에 가까이 가는 것조차 잊어버린다니까요.

나사로	예수님이 나사로라는 이름을 말할 때 내겐 영광으로 들렸습니다. 내 말은 예수님이 들려주시는 이야기 중에 사람 이름을 드러내기는 내 이름이 처음이었으니까요. 그렇지만 이건 일종의 경고로 내가 받아들여야 할 것입니다. 왜냐하면 예수님 이야기 가운데 나오는 나사로라는 이 이름의 주인공은 정말 병이 들었고 결국 죽었거든요.
마리아	나사로의 발병은 너무나 갑작스러웠어요. 예수님은 그때 다른 마을에 계셨는데 나사로가 아프다는 전갈을 급히 예수님께 보냈지요.
나사로	난 아파서 예수님이 빨리 와주시기만을 기다리고 기다렸지만 오지 않으셨고, 그러던 어느 오후 이젠 때가 늦었다는 걸 알았어요.
마리아	나사로는 점점 더 병이 악화되었는데, 예수님은 빨리 오시지 않았어요. 어디 계시는 걸까? 왜 이렇게 오지 않으시나? 초조히 기다리는 가운데 나사로는 죽었어요.
나사로	며칠 후에 예수님이 오신 것을 누나들이 들려줘서 알았어요. 마르다 누나가 뛰어나가 예수님을 마중하고, 왜 이제야 오시느냐고 물었대요. 누나들이 전하는 말에 의하면, 예수를 신뢰하는 자들은 결코 죽지 않고 예수님과 함께 산다는 얘기를 들려주셨다고 합니다.
마리아	난 그때 집안에 있었는데 마르다 언니가 "선생님 오셨어. 널 보고 싶어 하셔"라고 내게 조용히 말했어요.
나사로	베다니 마을은 예루살렘에서 불과 2마일 정도 떨어져 있는

곳입니다. 예루살렘에는 우리 친구들이 많이 살고 있는데 그
날 저의 집에 많은 사람들이 몰려 왔지요.

마리아 난 마르다 언니가 "선생님이 오셨다"고 할 때 선생님이 예수
님인 걸 금방 알았어요. 그래서 만나러 달려 나갔어요.

나사로 사람들 말로는 마리아 누나가 예수님 발 앞에 엎드렸다고 해
요. 그건 아주 이상한 일은 아니어요. 누나는 곧잘 그런 모습
으로 예수님 발 앞에 앉아서 그가 들려주는 그의 하늘아버지
이야기를 듣곤 했으니까요. 그런 모습으로 예수님의 눈을 들
여다보면서 경청하기를 좋아하던 누나였거든요.

마리아 예수님은 우셨어요. 정말로 우시는 거였어요. 나사로의 무덤
앞에서 우리가 슬퍼하는 것을 보시고 우셨어요.

나사로 "나사로야, 나오너라!" 난 마치 꿈에서 깨어나는 느낌이었어
요. 그 소리가 또 들렸어요. "나사로야, 나오너라!"

마리아 예수님이 나사로를 얼마나 사랑했는지 사람들은 말했어요.
그렇게 사랑한 친구가 아프다는데 왜 진작 오지 않으셨을까?

나사로 "나사로야, 나오너라!" 또 한 번 들렸어요. 내 얼굴에 천이 둘
러 있어서 앞이 보이지는 않았지만 난 눈을 떴어요. 가까이
빛이 들어오는 것을 알 수 있었고, 동굴 속 같은 냄새가 났어
요. 그러자 문득 떠오른 것은, "내가 지금 무덤 안에 있는 거
구나. 예수님이 나를 부르시는구나. 내가 죽었었나보다." 그
런 생각이 들었지요.

마리아 우리는 무덤 입구를 쳐다보고 있었어요. 아무도 입을 열지
않았어요. 어느 사람도 아무 소리 하지 않았어요. 내 심장이

마구 두근거렸습니다. 정말 있을 수 있는 일일까? 죽은 자가 정말 살아날 수 있단 말인가? 과연 죽은 내 동생이 살아날 수 있는 것인가?!

나사로 내가 걸어 나오는 걸 본 예수님은 "나사로의 수의를 벗겨주시오! 저 친구는 죽지 않았어요!"라고 하셨어요. 예수님은 눈물을 글썽거리셨는데, 그런데 한편 크게 웃으시는 것처럼 보이기도 했어요.

마리아 거기 있던 수많은 내 친구들이 예수를 믿게 되었습니다. 난 생각을 했지요. 만약 예수님이 나사로가 아플 때 오셔서 이 사건을 사람들이 보지 못했다면 어쨌을까? 그렇다면 이 사람들은 그를 믿지 않았을 것이다. 그러니 나사로가 죽은 게 더 낫다는 생각이 들었어요. 이들이 이 사건을 직접 목격하고 예수님의 권능을 두 눈으로 볼 수 있었으니까요.

나사로 그날 종교지도자들은 예수님을 주목했어요. 이들은 사람들이 예수를 믿게 되면 자기네들 직업이 없어질 것을 두려워했지요.

마리아 이 사건 이후 알게 된 사실인데요. 종교지도자들은 나사로가 죽기를 바랐던 것입니다. 나사로는 예수가 진정 누구인지 밝히는 증거, 살아있는 증거가 되었기 때문이지요.

나사로 유월절 일주일 전에 예수님은 베다니 저희 집에 머물고 계셨어요. 모두 둘러 앉아 저녁을 먹고 있었는데 갑자기 마리아 누나가 문을 열고 나타났어요.

마리아 난 그때 내가 왜 그런 일을 했는지 정확히 알 수는 없는데,

예수님을 너무나 사랑한 나머지 어떤 방법으로든 무언가 사랑의 표시를 하고 싶었어요. 향수를 발라드리는 게 좋겠다는 생각이 들었어요.

나사로 마리아 누나는 향료를 그의 발에 바르고 누나의 머리카락으로 발의 향료를 닦아내었어요. 이런 모습을 보면서 몇 분 간 모두 말문이 막혔지요. 온 집안은 향내로 가득했어요.

마리아 향료를 팔아서 그 돈으로 어려운 사람을 위해 썼어야 한다는 말을 누군가 했어요. 확실치는 않지만 아마 유다가 그랬던 것 같아요. 그렇지만 사람들이 뭐라고 하든 난 개의치 않았어요. 오직 내 관심은 예수님이 어떻게 생각하시느냐가 중요했지요.

나사로 예수님은 마리아를 탓하지 말라고 했어요. "가난한 자들은 항상 너희 옆에 있지만 난 항상 있지 않다"고 하시면서, "마리아는 내 장례를 준비하고 있는 것이다"라고 하셨어요.

마리아 그 일이 있고 나서 그날 밤 유대인들이 예수와 나사로를 찾아왔었다는 말을 들었어요. 유대인들은 예수와 나사로를 체포하고 죽이려 했는데, 잡지 못했던 거지요.

나사로 예수님에게 죽음은 사실이었지만 죽음이 끝은 아니었어요. 누나들도 이 사실을 깨달았던 모양입니다. 부활하신 예수님을 처음 목격한 사람 가운데는 우리 누나들도 있었지요.

마리아 이 사건은 전부 사랑에 관한 것입니다. 저에 대한 예수님의 사랑과 예수님에 대한 저의 사랑, 이 점이 제가 관심 갖는 전부입니다.

나사로   특히 마리아 누나가 그랬어요. 언제든지 예수님 옆에 가까이 있으려고 했습니다.

마리아   내가 예수님을 만난 후 저의 유일한 관심은─ 예수님께 더 가까이 가려는 것이었습니다.

32

최후의 만찬

근거 누가복음 22장:7-23, 요한복음 13장:21-30

배경 예수님이 배반당하던 날 밤 유월절을 축하하기 위해서 제자들을 만찬에 초대하였다. 식사도중 예수님은 배반자를 밝히고 하나님과 그의 백성 사이의 새 언약을 제정하였다. 이 특별한 만찬은 우리의 신앙, 우리의 일체성 그리고 오직 그리스도를 통해서 이루어지는 용서를 인식하는 한 방법이었다. 예수님은 최후의 만찬에서 그의 죽음과 재림을 선포하였다.

해설자 예수님이 붙잡혀서 사형당하기 전에 그는 제자들과 유월절
        만찬을 함께 하였습니다.

요한 우리는 저녁을 먹기 위해 모두 모였습니다. 그 당시에는 오
       늘날처럼 의자에 앉아 먹지 않았고, 팔꿈치를 기대고 바닥에
       둘러 앉아 먹었습니다. (*"이렇게"* 하면서 바닥에 앉아 먹는
       모습을 보여준다.)

해설자 식사하는 동안 예수님은 매우 슬픈 표정으로 말씀했어요,
        "친구들, 여기 있는 자 가운데 한 사람이 나를 배반할 것이네."

요한 우리는 서로 수군거렸어요. "그게 누구지? 주님이 말하는 자
       가 누구야?" 그게 누군지 우리는 전혀 알 수가 없었습니다.

해설자 예수님은 그의 두 제자 요한과 유다 옆에 계셨지요. 요한 옆
        에는 베드로가 앉아있었습니다.

요한	베드로가 마침내 내게 속삭였어요. "이봐, 요한, 그게 누군지 예수님께 여쭤봐." 그래서 제가 예수님께 기대어, 제 머리를 그의 가슴에 거의 눕히면서, "주님, 그게 누구예요? 주님을 배반하는 자가 누굽니까?" 하고 물었지요.
해설자	예수님은 내가 빵을 떼어주는 자가 배반할 것이라고 하셨어요. 그러고는 유다에게 빵을 떼어주셨습니다.
유다	예수님은 내가 그를 배반할 것이라고 전에도 암시한 적이 있었습니다. 내가 그를 배반할 것을 어떻게 아셨는지는 모르지만.
해설자	유다는 종교지도자들에게 예수님을 은 30개에 넘겨주기로 합의를 보았습니다.
유다	예수께서 내게 빵조각을 떼어 주실 때 내가 말했어요. "절 가리키는 것은 아니겠지요. 그렇죠, 예수님?" 예수님은 날 그냥 쳐다볼 뿐이었습니다.
해설자	유다는 우리 모임의 회계를 맡아보고 있었어요. 예수님이 가장 신임하던 제자 중 하나였기 때문에 아무도 유다가 예수의 배반자라고는 의심하지 않았지요.
유다	그러고는 예수님은 목소리를 가다듬고 말씀했어요. "유다야, 바로 너다! 네가 그자다." 이 말을 듣자마자 나는 자리에서 일어났어요. 그러자 예수님은, "네가 계획한 일을 하려거든 빨리 해라." 이렇게 말했어요. 예수님은 내가 할 행동을 정말로 알고 있었나? 알아낸 것일까?! 난 확신이 없었지만 문을 향해 걸어 나갔어요.

해설자   식사시간 중 예수님은 빵을 들고 기도하시고 제자들에게 나누어주었습니다.

요한   우리는 예수님과 유다가 유월절 기념선물을 사면 어떨까 하는 얘기를 서로 나누는 줄 알았어요. 무슨 내용인지 통 이해할 수가 없었거든요. 우리의 친구 유다가 예수를 배반하리라고는 전혀 상상치 못했으니까요.

해설자   그 당시 일용한 빵은 지금 우리가 먹는 빵처럼 부드럽지 않고 크래커처럼 빳빳했어요. 그래서 예수님은 빵을 둘로 쪼갰습니다.

요한   예수님은 빵 조각을 두루두루 나누어주시면서, "이 빵을 먹어라. 이는 내 몸이니 너희가 온전하게 되기 위해서 쪼갠 것이다. 지금부터 너희가 빵을 쪼개 먹을 때는 나를 생각하기 바란다"라고 말씀하셨지요.

해설자   오래 전에 하나님 백성은 애굽에서 종살이를 하였습니다. 그 때에 하나님께서는 그의 백성과 특별한 약속을 하였는데, 각 가정마다 양 한 마리를 잡아서 그 피를 문설주에 바르게 한 것입니다. 그 피를 보고 하나님의 천사가 그 집을 건너 넘어가서 아무 피해를 입지 않도록 한 것이지요.

요한   예수님은 쪼개진 빵을 그의 몸이라고 하셨어요. 유월절 양은 어떤 것인가요? 예수님이 전하고 싶어 한 말씀의 의도는 무엇일까요?

해설자   저녁 만찬 후 예수님은 포도주를 따르시며 하나님께 감사했습니다.

요한	예수님은 포도주를 우리에게 두루두루 돌리고 말씀하셨어요. "이 포도주를 마셔라. 이는 새 언약의 피다. 많은 사람들의 죄를 용서하기 위한 것이다. 이 포도주를 마실 때마다 나를 생각하라."
해설자	그의 얘기를 듣고 제자들은 빵을 먹고 포도주를 마셨지요. 그러면서 모두 진지하게 예수님의 말씀을 생각했어요.
요한	그러자 난 예수가 하나님의 양이라고 하던 세례요한을 기억했어요. 온 세상 죄를 대신 짊어지고 간 분이라는 것을 생각했지요. 그제야 비로소 예수가 양이라는 사실이 이해되었습니다.
해설자	예수님은 제자들에게 그의 몸과 피는 하나님과 그 백성 사이의 새 언약을 이루는 것이라고 설명하셨습니다.
요한	예수님은 진정한 하나님의 양이지요. 세상 죄를 몸소 가져가시는 그의 피를 이해하였습니다!
해설자	그때에 예수님은 제자들에게 하늘나라에서 재회할 때까지는 포도 주스나 포도주를 그들과 함께 다시는 마시지 못한다고 하셨어요.
요한	그리고는 우리 모두는 찬송가를 부르며 겟세마네 동산을 향하여 올라갔습니다.

(*모두 움직이지 않고 서 있다가 함께 퇴장한다.*)

33

불의 혀

근거 사도행전 2장

배경 하나님께서는 오순절 때 첫 사도들에게 성령을 보내셨다. 오늘날도 하나님께서는 그를 믿는 모든 신자들에게 그의 영을 보내주신다.

• 형식: 2인극	
• 화자: 봉희, 봉수	

봉희	예수님이 하늘나라로 올라가신 후
봉수	사도들이 함께 모였습니다. 함께 기도하고
봉희	함께 성령이 임하기를 기다렸지요.
봉수	기다리고, 기다리고
봉희	기다리고 또 기다리고
봉수	예수님이 부활해서 하늘로 올라가신 후
봉희	일곱 주가 지났을 때
봉수	모든 신자들이 예루살렘에 모였습니다.
봉희	마을에는 신자 이외에도 많은 사람들이 모였지요.
봉수	바대인, 메대인, 엘람인,
봉희	메소보다미아 사람, 유대 사람, 갑바도기아 사람
봉수	본도, 아시아, 브루기아,
봉희	밤빌리아, 애굽, 리비아
봉수	로마, 그레데, 아라비아 사람들이 모두 모였습니다.
봉희	아이고, 많기도 많다!
봉수	장난이 아니라니까요.
봉희	바로 그날 이른 아침 일찍—
봉수	사람들이 기도하고 있을 때—
봉희	엄청나게 큰 바람소리가 났습니다!

봉수	(*바람소리를 내며 봉희의 얼굴에 대고 분다.*) 윙! 윙!
봉희	굉장히 큰 바람이었습니다.
봉수	정말이지 우당탕탕 아주 큰 바람이었습니다.
봉희	냄새도 강했어요.
봉수	뭐라고?
봉희	아주 강한 냄새도 났어. 박하 냄새라도 만들어보시지?
봉수	아― 그건 내 실력으로는 어렵다.
봉희	그러고는 불의 혀가 신자들 머리 위로 나타났습니다.
봉수	(*혀를 낼름낼름 반복해서 내민다.*)
봉희	그런 혀가 아니고, 불꽃같은 혀였습니다.
봉수	신자들은 서로 다른 언어로 말하기 시작했습니다.
봉희	그 언어들은
봉수	바대, 메대, 엘람
봉희	메소보다미아, 유대, 갑바도기아
봉수	본도, 아시아, 브루기아
봉희	밤빌리아, 애굽, 리비아
봉수	로마, 그레데, 아라비아
봉희	아이고, 많기도 많다.
봉수	장난이 아니라니까요.
봉희	신자들은 각기 다른 언어로 사람들이 하는 말을 들었습니다.
봉수	놀라운 일이었지요!
봉희	어떤 사람들은 사도들이 전날 밤 술을 왕창 마셨다고 생각했어요.

봉수	"아닙니다! 우린 술집에 가지 않았습니다! 하나님의 영이 우리 입술을 통해 말씀하고 계신 겁니다. 선지자 요엘이 예언한 것 같이 말입니다. 요엘이 말했었지요. . . ."
봉희	"하나님께서 말씀하시기를 나의 영을 사람들에게 부어줄 것이다. 누구든지 하나님 이름을 찾는 자는 구원을 받을 것이다."
봉수	(*베드로처럼 설교를 계속한다.*) "나사렛의 예수는 하나님께서 보낸 분입니다. 여러분과 이교도들이 예수를 죽였습니다. 그러나 하나님께서는 그를 다시 살리셨습니다. 죽음이 그를 잡아둘 수 없었지요. 이는 마치 다윗 왕이 쓴 것처럼 . . ."
봉희	"너희는 그를 무덤 속에서 썩게 할 수 없노라."
봉수	"알겠습니까? 다윗이 말한 것은 예수에 관한 것이었습니다. 이제 하나님께서는 그의 성령을 우리에게도 부어주십니다."
봉희	그래서 베드로는 사람들에게 예수는 하나님이면서 약속된 구세주라고 설명했지요.
봉수	베드로의 설교를 들은 사람들이 깊이 반성하면서 물었습니다.
봉희	"형제들, 우리는 어떻게 하면 됩니까?"
봉수	(*베드로 역할로*) "하나님께 돌아오십시오. 죄를 버리고 죄 사함을 받기 위해서 예수 그리스도의 이름으로 세례를 받으십시오."
봉희	"그러면 여러분과 여러분 자녀와 세상 어느 곳에 있는 누구든지 구주를 믿는 자들은 모두 성령을 받을 것입니다!"
봉수	바로 이것입니다.

봉희	베드로는 그의 설교를 듣는 청중에게 주님을 믿을 것을 권했습니다. 그래서 그날 수많은 사람들이 신자가 되어 세례를 받았지요.
봉수	무려 3,000명이나 되는 사람들이 말입니다.
봉희	그들은 다른 신자들과 함께 기도하고
봉수	또 설교 듣고 함께 식사하고
함께	성도의 교제를 나누었습니다.
봉희	그때로부터 신자들은 모든 물건을 없는 자들과 서로 나누어 쓰고
봉수	함께 매일 예배드리고
봉희	기도하고
봉수	하나님의 선한 사역에 동참하기를 즐거워하였습니다.
봉희	매일 매일 신자의 수는 점점 불어나고 또 불어나서
봉수	사방에서 사람들이 모여들어
봉희	봉수야, 너 지방 이름을 또 시작하려고 그러지?
봉수	물론이지!
봉희	그만해도 되잖니. 충분히 했거든.
봉수	한 번만 더 하자!
봉희	알았어.
봉수	바대, 메대, 엘람
봉희	메소보다미아, 유대, 갑바도기아
봉수	본도, 아시아, 브루기아
봉희	밤빌리아, 애굽, 리비아

봉수 로마, 그레데, 아라비아

봉희 많기도 많다!

봉수 장난이 아니라니까요!

함께 이상입니다.

34

스데반: 최초의 기독교 순교자

근거 사도행전 6-8장:8

배경 오순절 (부활절 후 제7 일요일) 이후 초대기독교 교회는 엄청난 성장과 통합을 경험했다. 스데반이 성도들의 구제를 담당하는 집사의 한 명으로 뽑힌 후에 그는 대제사장 앞에 불려나가 이들로부터 하나님을 적대했다는 거짓 비난을 받았다. 스데반이 변론을 끝냈을 때 유대인들은 그를 돌로 쳐 죽였고, 이로써 그는 역사상 첫 순교자가 되었다. 성경은 스데반을 하나님의 은총과 권능, 그리고 기적적인 표상을 본 성령 충만했던 신앙인으로 묘사한다.

봉수 예수님이 하늘로 올라가신 후 기독교 교회는 빠르게 성장했고 사도들은 열심히 복음을 전했습니다.

봉희 교인 수는 점점 늘어났고 가진 것을 모두 함께 나누었지요. 궁핍한 사람이 사라지고

봉수 뚱뚱보도 말라깽이도 없어졌습니다.

봉희 그거야 뚱뚱한 사람도 마른 사람도 있었겠지. 어쨌든 필요한 물건을 함께 나누었습니다.

봉수 이것저것 섞은 햄버거처럼 모두 섞었단 말이지요?

봉희 그런 셈이지요. 그런데 어떤 과부들은 구제에서 빠진 경우도 있었어요.

봉수 햄버거를 얻지 못했다는 거로군요.

봉희 그래서 예수님과 함께 있던 제자들이 모여서 그 얘기를 했어요.

봉수 "우리는 설교자들이지 웨이터가 아니다. 음식 나누는 일을 맡아 할 사람이 필요하다." 이런 얘기들을 하고 성령 충만한 일곱 명을 뽑기로 했습니다.

봉희 지혜도 충만하고

봉수 햄버거도 충만하고

봉희 그게 아니고, 음식 나누어줄 지혜가 충만한 사람을 뜻한 겁니다.

봉수	거기서 스데반이란 사람이 뽑힌 거지요?
봉희	네. 신심이 두텁고, 성령 충만하고, 은총 충만, 권능 충만
봉수	(작은 소리로) 햄버거 충만.
봉희	(한숨짓는다.) 여섯 명이 더 뽑혔습니다.
봉수	그리고 이들을 위해서 기도했지요.
봉희	또 한 번 하나님 말씀이 온 땅에 퍼졌고, 다시 한 번 교회가 급속도로 성장했습니다.
봉수	유대교 제사장들조차 예수님 추종자가 되었으니까요.
봉희	스데반 집사는 사람들에게 경이로움과 기적을 행했습니다.
봉수	그렇지만 어떤 유대인 무리들은
봉희	"자유민"으로 불린 이들은
봉수	스데반과 논쟁을 벌였습니다.
봉희	그런데 유대교도들이 항상 논쟁에서 졌단 말입니다.
봉수	스데반의 지혜를 당할 수 없었던 거지요.
봉희	하나님의 영이 그의 입술을 통해서 말했기 때문입니다.
봉수	그래서 이 유대교도들이 사람들을 매수해서 스데반에 대한 거짓말을 하게 만들었어요.
봉희	스데반이 하나님을 대적한다는 거짓말을 퍼트리면서—
봉수	모세를 대적하는 말도 한다고 음해하면서
봉희	그러니 사람들은 스데반에게 등을 돌렸던 겁니다.
봉수	유대교도들이 스데반을 붙잡아 제사장들한테 데리고 갔어요.
봉희	하나님에 대해 대적하는 말을 떠들고 다니는 나쁜 자라고 했어요.

봉수	스데반 집사를 아주 흉측스럽게 비난했지요.
봉희	제사장들은 스데반을 쳐다보고 스데반이 말하기를 기다렸는데
봉수	책임자인 대제사장이 "네가 햄버거를 나누어준 게 사실이냐?" 하고 물었어요.
봉희	그게 아니지, 봉수야. 대제사장이 물은 건, "이 비난의 소리들이 다 네가 한 말 맞느냐?"라고 했지.
봉수	그러자 스데반이 깊이 숨을 들이쉬고 그들이 알아들을 수 있게 말을 해주었습니다.
봉희	하나님께서 아브라함에게 젖과 꿀이 흐르는 멋진 땅을 약속하셨고
봉수	아브라함의 손자 야곱의 열두 아들들과 그 중 요셉이 아버지의 사랑을 가장 많이 받았는데
봉희	형들이 그를 어찌나 미워했는지 음모를 꾸미고
봉수/봉희(함께)	노예로 팔아버렸습니다!
봉수	그런데 애굽 땅에서 하나님이 요셉을 구해주셨습니다.
봉희	요셉은 양식이 필요한 백성들에게 식량을 나누어주었고.
봉수	그의 가족을 초대해서 품위 있게 살도록 베풀어주었습니다.
봉희	애굽 땅 나일 강 근처에서 말이지요.
봉수	그 형제들 자손이 왕성하게 불어나서 폭발하듯 퍼졌습니다.
봉희	그러던 중 야곱 자손의 과거사를 모르는 왕이 등장하여 야곱 자손을 노예로 만들어 심하게 핍박했습니다.
봉수	이스라엘 백성은 슬픔에 빠졌고, 몹시 화가 난 모세가 애굽 파수꾼 한 명을 죽이게 되었지요.

봉희 모세는 광야로 피신해서 목동 일을 했어요.

봉수 들판에서 산 속에서

봉희/봉수(함께) 깊은 계곡에서

봉수 하나님이 모세를 돌려보내어 그의 백성을 자유롭게 풀어줄 때까지 목동 일을 하게했지요!

봉희 모세는 유대백성을 이끌고 홍해 바다를 건넜습니다.

봉수 바다를 건넜단 말입니다!

봉희 내 말이 그 말이야, 봉수야. 바다를 건넜다고.

봉수 맞아! 유대 백성을 모두 이끌고 바다를 건넜다니까!

봉희 그리고 어느 날 모세가 백성들에게 말했습니다.

봉수 선지자가 나타날 것이다!

봉희 그러나 백성들은 모세의 말을 듣지 않고 돌아섰습니다.

봉수 돌아서서 순종하지 않았습니다.

봉희 주님께 기도하러 오지도 않았어요.

봉수 그러자 주님은 너희들 마음대로 해보라고 내버려두었습니다.

봉희 선지자들이 이에 대해 예언의 글을 썼고 그래서 여러분은 이것이 모두 사실임을 알고 있는 것이지요.

봉수 (*잠시 멈춘 후*) 그러나 백성의 지도자들이여, 당신들은 백성을 잘못 인도했던 것입니다!

봉희 왜냐하면 지도자들이 아직도 믿지 않고 아직도 순종하지 않았기 때문입니다!

봉수 모세 이후에 다윗이 있었고—

봉희 그리고 다윗 아들이 있었고—

봉수	그때도 구세주에 대한 위대한 약속이 있었지요.
봉희	여러분, 바로 그분이
봉수	여러분이 죽게 한 바로 그분이
봉희	지금 제 눈에 보입니다.
봉수	하늘에서 하나님 옆에 서 계시는 모습이 보입니다!
봉희	유대 지도자들은 스데반이 하는 말을 듣고는
봉수	화가 머리끝까지 치밀어서
봉희	목이 터지게 소리소리 지르며
봉수	스데반에게 달려들어 성문 밖으로 끌고 나갔습니다.
봉희	그러고는 돌팔매질을 했어요. 스데반은 돌 세례를 맞으면서
봉수	하나님께 저들을 용서해달라고 기도했습니다.
봉희	그러고는 숨을 거두었어요.
봉수	그날 신도들은 공격받고 뿔뿔이 흩어지게 되었지요.
봉희	스데반이 돌에 맞아 죽자 신도들의 슬픔은 너무나 컸습니다.
봉수	그러나 가는 곳마다 신도들은 복음을 전했습니다.
봉희	스데반이 했던 것처럼 하나님은 권능의 방법으로 일하십니다.
봉수	병자들이 고침 받고
봉희	귀신들린 자가 풀려나고
봉수	예수님의 행적은 널리 널리 알려졌습니다.
봉희	온 땅에 기쁨이 넘치고
봉수	햄버거도 넘치고.
봉희	봉수야, 넌 정말 못 말려!
봉수/봉희	이상입니다.

35

저녁식사 초대

근거 사도행전 10-11장:18

배경 처음에 초대교회의 유대인들은 구원의 메시지를 오직 그들만을 위한 것으로 생각했다. 그러다가 베드로는 일련의 환상과 로마백부장의 극적인 사건을 통하여 하나님이 편애를 보여준 것이 아님을 깨달았다. (사도행전 10장:34-35, 11장:18) 하나님은 어느 지역 어느 나라와도 상관없이, 어느 인종을 막론하고 누구든 그를 믿기를 원하고 계신다.

군인　　　고넬료는 두 명의 하인과 함께 저를 그의 방으로 불렀습니다. 그러고는 이야기를 들려주었어요. 처음에는 믿기지 않는 억지스러운 이야기였으나 저 역시 동감하게 되었습니다.

베드로　　그날 우리 일행은 욥바 근처에 있었어요. 지붕위에 있는 다락방으로 기도하러 올라갔지요. 이상하게 들리겠지만 다락방은 조용하고 집중해서 기도하기 좋은 장소였거든요.

군인　　　고넬료와 그의 가족은 모두 하나님을 믿었고 최선을 다해 하나님께 순종하는 분들이었습니다. 가난한 자에게 필요한 것을 주었고 규칙적인 기도생활을 했지만, 그럼에도 천사를 본 환상을 듣기 전까지는 여전히 의아해 했어요. 이를테면 헬멧도 쓰지 않은 채 오토바이 타는 것과 같다고 할까요?

베드로　　정오쯤 되었을 때 난 무척 배고픈 상태였어요. 집안에서 음식냄새가 솔솔 올라와 입맛을 다시게 했지요. 꼬르륵거리는 뱃속을 진정시켜야 했어요.

군인　　　고넬료는 천사를 보았다고 했습니다. 제 말은 그는 로마군대의 백부장으로서 수년간 부하를 거느리며 전쟁터에도 여러 차례 나가서 끔찍한 장면을 수없이 목격한 군인입니다. 그런데 이번에 그가 본 천사가 그를 환각상태에 빠트렸단 말입니다. 무척이나 무서워하는 것이었어요.

베드로   아무튼 꼬르륵 꼬르륵 배에서 나는 소리를 들으면서 지붕 다락방에 있었습니다. 아래층에서 올라오는 음식냄새를 맡으면서 그만 혼미한 상태에 빠져들었어요.

군인   천사는 고넬료에게 하나님께서 고넬료의 선행을 지켜보았고 그의 기도를 들으셨다면서, 그에게 욥바로 사람을 보내라고 하셨다는 겁니다. 천사는 마치 "욥바로 사람을 보내라! 빨리 베드로를 이곳으로 데려오너라! 베드로는 지금 바닷가 무두장이(제혁업자) 시몬 집에 묵고 있다." 그러고는 천사는 사라졌다고 합니다.

베드로   난 비몽사몽간에 하늘이 열리고 거대한 담요 같은 것이 내려오는 것을 보았어요. 그 안에 수달, 뱀, 말, 두꺼비, 독수리, 돼지 등등 각양각색의 여러 종류의 동물들이 있었습니다. 그러고는 "베드로야, 일어나서 저것들을 잡아먹어라" 하는 음성이 들렸어요.

군인   고넬료는 우리를 욥바로 보냈습니다. 우리는 그의 말을 믿고 그곳에서 무슨 일이 기다리고 있는지 무엇을 기대하고 가는 것인지 아무것도 모르고 시키는 대로 길을 떠났습니다.

베드로   내 귀에 들린 음성을 향해 난 말했어요. "안 됩니다. 우리 유대법은 저런 더러운 짐승을 먹으면 안 된다고 가르칩니다.

저는 금지된 음식을 먹은 적이 없습니다." 그러자 그 음성이 내게 말하기를, "베드로야, 내 말을 들어라. 하나님이 깨끗하다고 한 것을 더럽다고 하면 안 된다." 이런 환상이 세 번 반복되는 것을 보고는 난 깨어났어요.

군인 우리는 무두장이 시몬의 집에 도착했지요. 문 앞에 서 있는데 수염이 긴 남자가 지붕위에서 우리를 의아하게 내려다보고 있었습니다.

베드로 난 이상하게 여기면서 지붕아래를 내려다보고 있었는데, 하나님의 영이 나에게 세 명의 남자가 나를 찾고 있다고 일러주는 거였어요. 난 내려가서 "당신들이 찾고 있는 사람이 바로 납니다. 나를 왜 찾는 겁니까?" 하고 물었지요.

군인 우리는 베드로에게 고넬료가 보낸 사실과 고넬료는 좋은 사람이라고 말했어요. 그리고 천사가 고넬료에게 베드로를 모셔오라고 했다는 말도 일렀지요. 그러자 베드로는 우리에게 들어오라고 하더군요.

베드로 다음 날 우리는 여섯 명의 유대인 신도들과 함께 고넬료의 집으로 갔습니다.

군인 고넬료는 우리를 기다리고 있었어요. 그의 친구들과 친척들을 모두 불렀어요. 베드로가 집 안에 들어서자 고넬료는 그 앞에 엎드려 절했습니다.

베드로 난 그 사람에게 내게 절하지 말고 일어나라고 했지요. "일어나시오! 나도 당신과 똑같은 사람이오!" 이렇게 그에게 말하는 내가 이상하게 생각되었고, 더욱이 그의 집에 들어가는 것 자체가 이상스러운 일이었습니다. 내 말은 그 사람은 이 방인이었거든요. . . . 말하자면 . . . 유대인은 이방인 집에 들어가는 일이 없어서 하는 말입니다. 그런데 내가 보았던 환상이 내 눈을 뜨게 해준 겁니다.

군인 그러자 고넬료는 천사를 본 것과 천사가 그에게 들려준 환상을 베드로에게 말했어요. "욥바로 사람을 보내라! 베드로를 빨리 이곳에 오도록 일러라! 베드로는 지금 바닷가 무두장이 시몬의 집에 머물고 있다." 그러고는 고넬료는 "하나님께서 우리에게 하시려는 말씀이 무엇이든 우리는 모두 듣기를 원합니다" 하고 베드로에게 말했지요.

베드로 그래서 난 그들에게 내가 본 환상을 들려주었어요. 거대한 담요와 그 안에 들어있는 각양각색의 동물들 얘기를 해주었습니다. "베드로야, 내가 '깨끗하다'고 일컫는 것을 '더럽다' 하지 말라"는 음성이 들린 것을 얘기했지요. 유대인뿐만 아니라 누구든지, 어느 곳 어느 지방, 어느 나라를 막론하고 예수에 관한 메시지를 전하고 싶어 하시는 하나님의 뜻을 내가 깨달았음을 설명했습니다.

군인 베드로는 우리에게 나사렛의 예수에 관한 이야기를 들려주었어요. 그날로 우리는 모두 그리스도 신자가 되었고 모두들 세례를 받았습니다. 그러고는 베드로와 그의 친구들과 함께 이틀 동안 이야기를 나누면서 예수에 관해 더 많은 것을 배우면서 즐겁고 행복한 시간을 가졌습니다.

베드로 당신이 어느 곳에 살든지 문제가 되지 않습니다.

군인	당신이 어디 출신이든 문제가 되지 않습니다.
베드로	누구든 예수를 믿기만 하면 그의 이름을 인하여 죄 사함을 받습니다. (사도행전 10장:43)
군인	이것이 제가 그날 배운 것입니다.
베드로	이것이 내가 그날 드디어 깨달은 것입니다.

36

문을 두드리는 자는 누구인가?

근거 사도행전 12장:1-19

배경 하나님께서는 신도들의 기도를 듣고 베드로를 감옥에서 구해주신 것과 같이 오늘 날도 하나님은 우리의 기도를 들으시고 응답해주신다. 초대교회가 커짐에 따라 탄압도 심해졌다. 헤롯왕은 요한의 형제 야고보를 죽인 것처럼 베드로를 체포하여 죽일 계획을 세웠다. 신자들이 베드로를 위해 기도했을 때 그들의 기도를 그렇게 빨리 하나님께서 들어주신 기적을 신자들과 베드로는 믿을 수가 없었다.

```
• 형식: 2인극
• 화자: 봉희, 봉수
```

봉희   어느 날 왕은 사도 야고보를 체포했습니다.

봉수   그러고는 칼로 죽였어요.

봉희   이 사건을 유대인들이 좋아하는 것을 본 왕은

봉수   베드로를 잡아들였습니다.

봉희   그때가 유월절 축제기간이었는데

봉수   왕은 베드로를 감옥에 가두었습니다.

봉희   군인 열여섯 명이 그를 지켰지요.

봉수   대단한 권력입니다!

봉희   그래요. 왕은 야고보에게 한 것처럼 베드로도 죽일 예정이었
         으니까요.

봉수   끔직도 하지!

봉희   유월절 축제가 끝나는 대로 죽이려고 했던 것입니다.

봉수   그런데 말이지요.

봉희   교회가 베드로를 위해 열심히 기도를 시작했어요. . . .

봉수   어쩐지 심상치 않군요. 베드로가 잘 풀릴 것 같지 않은 기분
         이 들어요. 그의 앞날이 어떻게 될까요? 감옥에서 도망 나올
         것 같습니까? 구출될까요? 베드로도 야고보 같은 운명에 처
         해질까요? 이 흥미진진한 이야기를 절대 놓치지 마시기 바랍

니다. 여러분, 다음 주를 기대해주세요.

봉희 봉수야, 너 지금 무슨 소리 하고 있니?

봉수 다음 주에 들을 이야기에 대한 기대감을 높여주려고.

봉희 이 이야기는 다음 주까지 가지 않고 오늘 들려주게 되어있어.

봉수 그래? 확실해?

봉희 확실해.

봉수 잠시 광고시간 같은 건 없어?

봉희 없어.

봉수 화장실 갈 시간도?

봉희 봉수야, 베드로는 지금 감옥에 있지?

봉수 맞아!

봉희 그 얘기로 돌아가자. 베드로는 유월절 기간 내내 감옥에 갇혀 있었는데, 재판받기로 되어있는 바로 전날 밤에—

봉수 해병대 특수부대가 감옥을 침입했습니다. 비밀지하도를 통해 베드로를 배에 싣고 제주도로 피신시키려고 했지요.

봉희 봉수야, 너 엉뚱한 소리하면 안 돼! 우리 이야기는 그런 게 아니잖아!

봉수 그게 아니야? 그럼 내가 본 대본이 틀렸나? 그래서 그 다음은 무슨 일이 일어났는데?

봉희 두 명의 군인 사이에 베드로는 쇠사슬로 묶여 있었고, 열 네 명의 군인이 문에서 보초를 섰습니다. 갑자기 눈부신 빛이 감옥을 비췄습니다.

봉수 누군가가 플래시라이트를 켠 것입니다!

봉희	그게 아닙니다.
봉수	외계인이 들어왔습니다!
봉희	외계인이 아니고 천사가 왔습니다.
봉수	잠깐. 감방이 몇 개나 있었는데?
봉희	한 개. 천사가 베드로의 어깨를 두드리며 말했습니다. "일어나라! 일어나라!"
봉수	"깜짝쇼가 준비되어 있다! 카메라 있는 쪽을 보아라!"
봉희	아닙니다. 천사는 "일어나라! 어서 어서!" 베드로가 일어나자 그의 손목을 묶고 있던 쇠사슬이 저절로 풀어졌습니다!
봉수	멋지다!
봉희	그리고 천사는 또 말했어요. "신을 신고 옷을 입어라!"
봉수	베드로가 벌거벗고 있었어?
봉희	아니지. 죄수복을 입고 있었지. 천사가 말했습니다. "어서 외투를 입고 나하고 같이 가자!"
봉수	파수 보던 군인들은 어떻게 된 거야? 군인들은 깨어있지 않았어?
봉희	깨어있지 않았지.
봉수	어떻게 해서?
봉희	하나님께서 모든 일을 통제하고 계셨으니까.
봉수	멋지다.
봉희	그래서 베드로는 천사를 따라나섰습니다. 천사와 베드로는 파수꾼을 지나 감옥 정문까지 나왔는데 감옥 문이 저절로 열렸습니다!

봉수	아, 유령이 있었군요!
봉희	유령이 아니라 천사가 그렇게 한 것입니다.
봉수	멋지다.
봉희	베드로는 길을 걸으면서 꼭 꿈꾸는 줄 알았는데, 갑자기— 천사가 '휙' 하고 사라졌어요.
봉수	'휙' 하고?
봉희	그래요. 휘익 하고.
봉수	(봉희의 어깨를 두드리며) "휙 휙" 음향효과는 내게 맡겨주세요.
봉희	알았어. 베드로는 깨달았어요. "와, 하나님께서 날 구해주셨구나! 그 천사는 하나님께서 보내신 거였구나!"
봉수	멋지다.
봉희	그러고는 베드로는 요한 마가의 어머니 집으로 갔습니다. 어머니 이름은 마리아였고.
봉수	잠깐. 하나 물어볼게 있어.
봉희	뭔데?
봉수	성경에는 왜 마리아란 이름이 그렇게 많은 거야? 예수님 어머니도 마리아, 막달라의 여인도 마리아, 마리아와 마르다도 있고. 지금 요한 마가의 어머니 이름도 마리아란 말이지!
봉희	당시에 유행하던 여자 이름일 거야.
봉수	정희, 숙희, 봉희 이런 이름을 지을 수도 있잖아.
봉희	그건 난 몰라. 요한 마가의 어머니 집에서는 많은 신자들이 기도하고 있었습니다.

봉수　베드로를 위해서?

봉희　네. 베드로를 위해서. 베드로가 대문을 두드렸더니 론다라는
여자아이가 나왔습니다.

봉수　그거 잘됐네. 이번에는 마리아가 아니로군요.

봉희　론다가 문을 열어주러 나갔는데 대문 두드리는 사람이 베드
로인 것을 알고 충격을 받았습니다. 너무 놀라서 베드로에게
들어오라는 말도 잊어버리고 사람들 있는 방으로 달려가서,
"베드로가 왔어요!"

봉수　사람들이 말했지요. "그럴 리가! 너 미쳤구나! 베드로는 감옥
에 있어!"

봉희　론다는 계속 베드로가 왔음을 주장했지만, 사람들은 베드로
가 아니고 베드로의 천사가 찾아온 것으로 생각했어요.

봉수　그건 또 무슨 소리야?

봉희　문을 두드리는 자가 베드로를 보호하는 천사로 생각했던 겁
니다.

봉수　아, 멋지다.

봉희　그때까지 베드로는 문을 두드리고 밖에 서 있었지요.

봉수　초인종을 계속 누르면서 말입니다. (*초인종 소리를 낸다.*) 찌
릉! 찌릉! 아무도 없어요? 안에 누구 없어요?

봉희　드디어 사람들이 나와서 문을 열었는데 베드로가 정말로 서
있는 것을 보고 모두 놀랐어요. 그러자 베드로가 말했어요.

봉수　"한 푼 주십시오!"

봉희　그건 아니고. 사람들에게 조용히 하라고 했어요. 천사의 도움

으로 감옥을 나오게 된 이야기를 들려주면서 이 이야기를 야고보에게도 전하라고 했어요.

봉수 야고보는 살해당했잖아?

봉희 이 야고보는 다른 야고보야.

봉수 가는 데마다 야고보가 있고 마리아가 있구나.

봉희 새벽에 군인들이 하나 같이

봉수 "베드로는 어디 있느냐? 좀 전까지도 여기 있었는데 . . ." 하면서 찾아다녔습니다.

봉희 왕은 수색대를 풀어서 범인을 추적하라고 명령했지만 수색대원들은 베드로를 찾을 수가 없었습니다.

봉수 왕은 베드로의 행방을 군인들에게 추궁했지만

봉희 군인들이 대답을 못하자 이들을 몽땅 사형시켰답니다.

봉수 에고! 왕에게 심각한 문제가 있군요.

봉희 진정, 문제의 왕이지요.

봉수 베드로는 완전히 피신한 건가요?

봉희 물론이지요. 베드로를 위한 기도를 하나님이 들으셨습니다.

봉수 그런데 사람들은 기도를 응답해주신 하나님이 믿기지 않았다는 말이군요!

봉희 베드로 자신조차도 처음엔 꿈인 줄 알았으니까요.

봉수 지금도 하나님께서는 여전하신 건가?

봉희 뭐가?

봉수 기도를 응답하시느냐고.

봉희 물론이지요. 오늘날도 하나님의 권능은 무한하십니다. 우리

의 기도를 들어주시고 우리의 필요를 염려해주시는 하나님을 믿기만 하면 지금도 하나님께서는 변함없이 그를 바라보고 추종하는 신자들의 기도에 응답하십니다.

봉수   그 부분에 대해서 난 할 말이 있어.

봉희   하고 싶어 하는 말을 내가 알아맞혀볼까? "멋지다" 그 말이 하고 싶은 거지?

봉수   아니. 놀랍다는 말을 하고 싶었어. 정말 놀라워. . . .

봉희   그래, 놀라운 일이야.

봉수   그리고— 멋지다.

함께   이상입니다.

37

탈옥

근거 사도행전 16장:16-36

배경 하나님께서는 바울과 실라를 기적적으로 옥에서 구출하셨다. 초
대기독교의 전도자인 바울과 실라는 귀신들린 계집아이로 인해
어려움을 겪었다. 하나님께서는 옥에 갇힌 두 사람을 탈옥시키는
계획을 세우고 간수와 간수의 가족에게 기적을 보여주셨다.

- 형식: 2인극
- 화자: 봉희, 봉수

봉수 초대 교회의 두 전도자

봉희 바울과 실라는

봉수 기도할 장소를 향해 걸어가고 있었습니다.

봉희 갑자기

봉수 하늘로부터 별똥별이 두 사람 머리 위로 꽝 하고 떨어졌습니다!

봉희 봉수야, 뭐라고?!

봉수 별똥별이 떨어진 게 아니었어?

봉희 아니야.

봉수 UFO? 날아다니는 접시들 아니고?? 그게 떨어진 게 아니야?

봉희 아니야. 한 여자아이가 있었어.

봉수 여자아이? 하늘에서 여자애가 떨어지는 걸 바울과 실라가 보았다고?

봉희 여자애가 땅위로 걷는 걸 보았어. 노예 신분의 여자아이였는데— 그 아이는 바울과 실라를 밤낮으로 괴롭혔단 말이야.

봉수 왜? 그건 골치 아픈 일이네.

봉희 그 아인 귀신들린 애였어.

봉수 그거야말로 머리 아픈 일이군.

봉희	그런데 그 애가 점을 치는 겁니다. 미래를 예언할 줄 알았어요.
봉수	그게 뭐 대단한 일인가?
봉희	놀라운 일이지!
봉수	나도 할 수 있어.
봉희	네가 미래를 예언할 수 있다고?
봉수	물론 할 수 있지. 네 머리를 내가 헝클어트릴 것을 난 예언할 수 있어. (봉희의 머리를 헝큰다.)
봉희	이러지 마. 장난은 그만하자. 그 노예 아이가 정말로 미래를 예언한 건 아니었고, 그 아이 안에 들어있는 귀신이 한 일이지. 그렇지만 노예주인은 이 아이를 이용해서 돈을 벌었습니다. 많이 벌었지요.
봉수	으음— 아이가 점을 쳤단 말이지. . . .
봉희	그랬어. 그 애는 바울과 실라가 가는 곳마다 쫓아다녔는데—
봉수	(놀란 눈으로) 남자화장실에도?
봉희	그건— 거긴 아니지. 그러나 어디든 쫓아다니면서 소리 질렀습니다.
봉수	"한 푼 줍쇼! 배가 고파요!"
봉희	구걸하지는 않았어.
봉수	"껌 사세요. 민트 껌이요!"
봉희	뭘 팔고 다닌 것도 아니었어! 그 애는 바울과 실라가 누구인지 알고 있었거든요. 두 사람의 정체를 밝히면서 쫓아다닌 거지요. "이 두 사람은 하나님의 종입니다! 사람들에게 구원 받을 길을 전하고 다닙니다!"

봉수	귀신이 왜 그런 말을 했을까? 그 말은 사실이잖아!
봉희	사람들이 그 메시지를 믿게 하려고 귀신이 그렇게 떠든 게 아니고, 아마 귀신이 두 전도사를 놀려주려고 그랬을 거야. 아니면 불경스럽게 만들고 싶어 했던지. 어느 쪽이든 두 사람에게는 좋지 않은 선전이 되었어.
봉수	무슨 뜻이야?
봉희	너라면 귀신들린 계집아이가 너희 교회에서 설교하는 걸 듣고 싶겠니?
봉수	좋은 지적이다.
봉희	그래서 말인데, 드디어 바울은 그 여자 아이를 돌아다보고 그 안에 있는 귀신에게 말했어요. "그래! 예수 그리스도의 이름으로 명하노니, 너 귀신아, 그 아이에게서 나가라!"
봉수	귀신이 나갔어?
봉희	당연하지.
봉수	그 아이 머리가 처음에는 뱅글뱅글 돌았겠다.
봉희	아니, 그렇지 않고 귀신은 순식간에 빠져나갔어.
봉수	"따닥" 손가락 소리 한 번에 바울과 실라는 귀신을 쫓아낼 수 있었단 말이구나!
봉희	그런데 그건 하나님이 하신 거지. 그 사람들 힘으로는 아무것도 할 수 없지.
봉수	그건 그렇다.
봉희	그래서 귀신은 떠나고 그 여자아이는 점을 칠 수가 없게 되었습니다.

봉수   그 주인 기분이 더럽게 엉망이겠다!

봉희   사실은 그 계집아이의 주인이 너무 화가 나서 바울과 실라를 붙잡아 경찰서로 데리고 갔답니다.

봉수   경찰서?!

봉희   뭐, 그 비슷한 곳이지. 그곳 관리들에게 일렀어요. "이자들은 우리 도시에 분란을 일으키고 있을 뿐만 아니라 우리 법을 따르지 말라고 가르치고 있습니다!"

봉수   바울과 실라가 정말 그랬어? 그런 게 아니지?

봉희   물론 아니지.

봉수   다행이다. 난 두 사람 모두 좋은 사람들이기를 바라고 있거든.

봉희   좋은 분들이지. 그런데 관리들이 몰려든 군중에게 두 사람을 흠씬 두들기라고 했어요!

봉수   두 사람이 군중을 두들겼겠지!

봉희   군중들이 바울과 실라를 매로 쳤어. 늘씬 얻어맞은 쪽은 두 사람이라니까.

봉수   이리저리 몰매 맞고 떡 반죽이 되었겠구나.

봉희   이건 우스운 얘기가 아니야! 둘은 고문당하고 지독하게 얻어맞았어.

봉수   늘씬하게 쳤다니까 떡방아 생각이 나서 그랬어. 미안.

봉희   그래, 됐어. 간수는 이들이 도망가지 못하게 발목을 쇠사슬에 묶고 감옥 깊은 곳에 가뒀습니다.

봉수   완전히 뻗었겠구나.

봉희   그날 밤 자정쯤에

봉수	보름달이 떴다.
봉희	그런 건 몰라. 그건 상관없고
봉수	혹시 늑대인간은 아니었을까 싶어서 그래.
봉희	늑대인간 같은 건 없어! 들어 봐. 자정이 되었을 때 큰 소리가 들렸는데―
봉수	(늑대 우는 소리를 낸다.) 으엉―엉.
봉희	그런 소리가 아니야. 지진이 일어났어.
봉수	그 사람들 일본에 있었어?
봉희	아니야. 바울과 실라는 다른 죄수들 있는 가운데서 찬송가를 부르고 기도를 했어.
봉수	지진이 일어나자 노래를 그쳤단 말이지.
봉희	맞아.
봉수	반주자가 땅 밑으로 꺼졌구나.
봉희	반주자는 없었어. 감옥이 흔들리고 감옥 문이 날아갔어! 죄수들을 묶은 쇠사슬이 다 풀렸지! 간수가 깨어나서 문이 모두 열려있는 것을 보고는 죄수들이 도망간 줄로 생각한 거야.
봉수	간수의 넋은 나가고 몸은 마비되었더라. 그 말이지?
봉희	그렇지! 간수는 자실하려고 칼을 뽑아들었어.
봉수	에구구! 왜 죽으려고 한 거야?
봉희	그 당시에는 죄수가 도망가면 간수가 사형 받았거든.
봉수	아이고, 끔찍하다. 간수 친구가 망했구나.
봉희	바로 그때 바울이 손을 내밀면서, "그러면 안 돼요! 죄수들은

여기 그대로 있으니 안심하시오!"

봉수   왜 죄수들은 도망가지를 않았지?

봉희   그건, 바울과 실라가 하나님이 그들을 지켜주고 지휘 감독한다고 생각했나 봐. 그래서 하나님이 하시는 일을 방해하고 싶지 않았겠지.

봉수   지혜로운 선택이다.

봉희   잘한 일이지. 간수는 벌벌 떨고 등불을 가져오게 했습니다.

봉수   지진 때문에 전기가 나갔구나.

봉희   그때는 아직 전기가 발명되지 않았을 때잖아.

봉수   아 아직 에디슨이 없었지.

봉희   간수는 무서워서 달려 나가다가 바울과 실라의 발에 걸려 넘어졌는데 간수가 물었어요. "선생님들! 제가 구원 받으려면 어떻게 해야 됩니까?"

봉수   아, 간수가 기억을 했구나.

봉희   뭘?

봉수   처음에 왜 감옥에 갇히게 되었는지— 귀신들린 그 계집아이를 기억한 거야.

봉희   맞았어.

봉수   그 계집아이가 사람들한테 떠들던 게 바로 구원 얘기가 아니었겠어?

봉희   야, 봉수야, 너 참 잘 안다. 기억력이 빵빵하구나!

봉수   그러니까 바울과 실라는 간수에게 "주 예수를 믿으시오. 그러면 구원받습니다!"라고 말했겠지.

봉희	네 말대로 바울과 실라는 간수에게 예수의 복음을 들려주었고 그때로부터 간수와 간수의 가족은 모두 신자가 되었습니다.
봉수	모두 세례도 받았고. 그렇지?
봉희	맞아. 그랬어. 그리고 간수는 바울과 실라의 상처 난 부위에 반창고를 붙여줬어요.
봉수	밴드랜드 일회용 반창고.
봉희	그건 아니고. 그리고는 모두들 축하기념으로 저녁식사를 거하게 했지요.
봉수	하나님 가족이 된 형제자매로서 말이지!
봉희	그렇지. 관리들은 아침에 간수에게 죄수들을 풀어주라고 명했고—
봉수	간수와 간수 가족은 모두 해방된 거지?
봉희	무슨 해방?
봉수	죄에서 해방되었잖아. 간수는 두 사람에게 "어서 이곳을 떠나십시오! 하나님께서 함께 하시기를!" 그랬잖아.
봉희	봉수야, 너 이 이야기의 핵심을 뭐라고 생각하니?
봉수	지진이 일어나는 곳엔 절대 가지 말 것!
봉희	뭐?
봉수	늑대인간은 찬송가를 싫어한다, 그거지?
봉희	큰 주제는 우리도 예수를 믿을 수 있다는 점이지.
봉수	간수가 믿었던 것처럼.
봉희	그리고 죄에서 해방되는 것이지.

봉수	간수가 해방된 것처럼.
봉희	그리고 평안 가운데 집으로 가는 거야.
봉수	맛있는 음식을 먹으러.
함께	이상입니다.

38

바울: 세계적인 전도자

근거 사도행전 9장:1-31, 바울 서신

배경 바울은 초대기독교를 가장 열렬히 박해한 사람 중 하나이다. 그
런 그가 어느 날 극적인 사건 이후 이방인들에게 복음을 전파하
도록 하나님의 부름을 받았다. 바울은 신약성경 13권의 저자 및
공저자였고 역사상 가장 영향력 있는 기독교인에 속한다. 그의
생애는 그가 다메섹으로 가는 길 위에서 예수님을 만난 후 전적
으로 변했다.

어두남 나는 세계적인 탐정 어두남입니다. 지금 실마리를 찾아보려고 길에 나와 있습니다— (*확대경을 길 위에 들이대고 볼 때 바울이 등장한다.*) 아하! 당신이 실마리인가요?

바울 아니 난 실마리가 아니고 한 남자입니다.

어두남 난 조사 중입니다.

바울 반갑습니다. 조사중 씨.

어두남 그건 이름이 아니고, 내가 사건 조사 중이라는 말입니다. 난 세계적인 탐정이라고요.

바울 조사중이 아니시라는 말씀이지요.

어두남 아니, 이보시오. 난 사건을 조사 중이라고요. 그리고 내 이름은 어두남입니다. 내가 정말 누구지? 내가 왜 여기 있는 거지?

바울 어떤 조사를 하고 있는 중이라고 했습니다.

어두남 (*아주 음울하게*) 그래요, 실종사건!

바울 누가 실종되었는데요?

어두남 그걸 날 보고 가르쳐달라는 거요?!

바울 내 도움이 필요하시다면 말이지요.

어두남	내가 당신 도움이 필요한 사람으로 보이시오?! (*그를 확대경으로 들여다본다.*)
바울	으음— 당신은 도움이 많이 필요한 분 같소.
어두남	아— 당신 도움은 필요 없어요! 난 세계 최고의 탐정이오! (*확대경을 찾는다. 확대경은 그의 왼손에 들려있다.*) 그런데 내 확대경을 보았어요?
바울	당신 손에 있잖아요.
어두남	아 그렇군. 그래서 날 돕고 싶다는 거군요. 허허. 내가 갖고 있는 실종자 보고서에 따르면— (*주머니를 뒤진다.*) 그런데 보고서가 어딨지? 혹시 나의 실종 보고서를 보았어요?
바울	아니요. 실종보고서가 실종된 모양이군요.
어두남	물론 실종되었지요! 그래서 실종 보고서라고 부르지요. 어디 있는 줄 안다면 실종된 게 아니겠지요. 그렇지요?
바울	그렇겠지요.
어두남	세계 최고의 탐정이라면 그 정도는 알아야겠지요.
바울	그래야지요.
어두남	그래서 실종보고서에 따르면 사울이라는 자가 다메섹으로 가는 길에서 이렇게 햇빛 찬란한 대낮에 행방불명이 되었단 말입니다. 천둥 같은 소리가 울렸는데, 어쩌면 외계인에 의한 유괴사건인지도 모르겠어요.
바울	그 문제라면 내가 도와드릴 수 있겠어요.
어두남	어떻게요? 당신이 외계인이요?
바울	그렇소.

어두남	당신이 외계인이라고요? 아하! 그렇다면 설명이 되네! 잠깐— 당신 방금 외계인이라고 했소!?
바울	맞습니다. 난 다른 곳 출신이니까 여기서는 외계인이지요.
어두남	그건 나도 그래요. 난 대한민국 출신이거든요.
바울	아— 저— 난 하늘나라에 속한 사람이오. 당신이 찾고 있는 그 사람한테 무슨 일이 생겼는지 알 것 같소.
어두남	무슨 일이 생긴 겁니까?
바울	그 사람은 행방불명된 게 아닙니다.
어두남	그거 다행이군요.
바울	죽었어요.
어두남	그거 안됐군요. 아니, 죽었다니? 살해됐단 거요? 어디서? 언제? 왜? 누가—?
바울	다메섹으로 가던 길에서 죽었소.
어두남	교통사고였나요?
바울	아니요. 하나님 손에 죽었어요.
어두남	설명이 되는군. 그를 체포해야겠어요. 하나란 분은 어디에 삽니까?
바울	하나님께서는 어느 곳에나 사십니다.
어두남	그렇다면 찾기는 어렵지 않겠군—
바울	어렵지 않지요. (사도행전 17장:27) 특히 그분은 이미 당신을 찾고 있으니까요.
어두남	날 찾아요? 내가 혐의자요? 허, 그 실종자가 나일 수도 있단 거요?

바울	들어보세요, 내 이름은 바울입니다. 전에는 사울이라고 불렸지요. 예수님을 만나고 난 후 내 인생은 완전히 변했습니다.
어두남	어떻게요?
바울	난 죽었어요.
어두남	어떻게 됐다고요?!
바울	사망했다고요. 죄에 대해 죽었고 예수님께로 다시 살아났다고요. (로마서 6장:1-11, 에베소서 2장:1-11). 난 예수님과 함께 십자가에 달려 사망했고, 내 안의 생명 없는 부분은 죽었고 새로 생명 있는 부분이 예수님과 함께 소생했습니다.
어두남	지금 이야기를 기사화해도 되겠어요?
바울	난 세계 방방곡곡 가는 곳마다 복음을 전파하고 있어요.
어두남	복음을 가르치면서 문제는 없었나요?
바울	있지요— 세 번 난파했고, 세 번 죽게 두들겨 맞았고, 강가에서 위험에 처했고, 노상강도들에게 당하고, 동포들에게 당하고—
어두남	됐어요. 알았어요.
바울	이방인에게 당하고, 도시에서도 시골에서도 당하고—
어두남	됐어요. 됐습니다.
바울	바다에서 당하고— 거짓 형제들에게 당하고—
어두남	그만하면 됐다니까요.
바울	몸이 부서지게 심한 노동을 하고 잠 못 자고, 굶주리고 목마르고, 추위에 떨고, 벌거벗은 때도 있었고— (고린도후서 11장:26-27)

어두남	벌거벗었다고 했어요?
바울	(못들은 *척 무시*하고) 복음 전파할 때 나한테 돌을 던진 사람들도 있었지요.
어두남	그래서 당신을 죽였어요?
바울	죽었으면 지금 이렇게 말할 수 있겠어요?
어두남	좋은 지적입니다. 그 상황에서 어떻게 대처했나요?
바울	일어나서 계속 그들을 향해 전도했지요.
어두남	전도한다고 죽이려는 그들에게 전도했다고요?
바울	네. 그랬습니다.
어두남	왜 그러셨어요? 그 사람들이 정말 당신을 돌로 쳐 죽일 수도 있었는데!
바울	그건 염려 말아요. 그런 일엔 상처받지 않아요.
어두남	상처받지 않는다니? 무슨 소리요? 죽는 편이 낫다는 거요?
바울	사실은 그런 거지요. "내가 사는 것이 그리스도니 죽는 것도 유익함이니라." (빌립보서 1장:21)
어두남	당신은 지금도 못된 행실을 할 때가 있지요, 그렇지요?
바울	못된 행실을 하는 건 실상은 내가 아니오.
어두남	그럼 누가 하는 거요?
바울	내 안에 살아 있는 죄가 합니다.
어두남	죄라—
바울	그렇소. 그러나 지금은 내 안의 죄가 죽었고 난 그리스도와 함께 다시 살아났습니다. 그래서 이제는 죄의 노예가 아니고 죄에서 자유를 얻고 하나님의 종이 되었지요.

어두남 자유를 얻었는데 다시 하나님의 종이 되었다고요?

바울 맞아요!

어두남 죽었지만 살았다고?

바울 맞아요!

어두남 전에는 다른 사람이었다고?

바울 맞아요!

어두남 당신 멍청이로군요!

바울 바보라는 말입니까?

어두남 그렇소!

바울 맞아요. 나 바보 맞아요. 그래서 기뻐요.

어두남 뭐요? 그건 왜지요?

바울 "하나님께서 세상의 미련한 것들을 택하사 지혜 있는 자들을 부끄럽게 하려 하시고 세상의 약한 것들을 택하사 강한 것들을 부끄럽게 하려 하시며" (고린도전서 1장:27, 고린도전서 1장:18-31)

어두남 그래서 당신은 세계를 누비고 다니면서 사람들에게 그들이 듣고 싶어 하지 않는 소식을 알렸단 말이오? 그 대가로 사람들로부터 공격당하고, 두들겨 맞고, 감옥에 갇히고, 고문 받고, 돌팔매를 맞았다는 겁니까?

바울 맞습니다. 정확한 말입니다.

어두남 거기다 또 벌거벗기도 했다고?!

바울 그럴 때도 있었소.

어두남 당신은 그냥 실종자가 아니라, 판단실종자요.

바울   그러나 난 고난과 핍박 속에서 즐거웠습니다. 왜냐하면 약할 때 강하니까요.

어두남   이제 당신을 체포하겠습니다. 당신은 위험한 인물이요. 정신 분열증에 과대망상에 완전 또라이요. 법무부와 보건복지부에 건의해서 당신을 오랫동안 격리시키도록 조치하겠소.

바울   아무튼 당신은 이 사건을 해결하였군요.

어두남   그래요. 해결했어요. (*음침하게*) 실종사건! 사울은 실종되지 않았고 사도 바울로 변신했다.

바울   맞아요. (*흥분한다.*)

어두남   당신 진짜 외계인이오?

바울   어떤 면에서는 그렇다고 할 수 있지요.

어두남   당신의 우주선에 나도 태워줄 수 있겠소?

(*두 사람 퇴장하고 불이 꺼진다.*)

39

브리스길라와 아굴라 부부: 하나님의 동역자

근거 사도행전 18장:1-3, 18장:28, 로마서 16장:3-4, 고린도 전서 16-19 장, 에베소서 6장:21-22, 골로새서 4장:7-9

배경 초대교회가 성장할 때 새롭게 개종한 자들은 성숙한 선배 신자의 가르침이 필요했다. 브리스길라와 아굴라 부부는 그리스도를 믿고 사도바울의 친구가 되었다. 이 부부는 초기 기독교 옹호자인 아볼로를 훈련시켰고 바울을 보호하기 위해서 생명의 위험도 겪었고 고국의 교회를 도와주는 중심역할을 하였다. 브리스길라와 아굴라는 신약성경에 언급된 몇 안 되는 부부 신자이다. 이 이야기에는 두기고도 언급된다. 바울은 두기고를 가리켜 "사랑하는 형제, 신앙심 두터운 믿음의 전도자, 하나님의 사역자"로 부른다. (골로새서 4장:7) 이 세 명의 동역자들은 별로 알려지지 않았으면서도 오늘의 신도들에게 큰 영감을 준다. 이 이야기는 하나님의 시각에서 영웅이 되는 것은 명성이 아니라 믿음임을 강조한다.

봉희   봉수야. 성경에는 유명한 영웅들이 등장하지.

봉수   맞아, 봉희야. 모세, 아브라함, 베드로, 세례요한 같은 영웅들
       처럼.

봉희   그런데 우리한테는 잘 알려지지는 않았지만 하나님께서 보
       시는 영웅들이 있어.

봉수   하나님에 대한 믿음과 복음을 전하고 싶어 하는 열망 때문이
       겠지?

봉희   그렇지. 예를 들면 바울은 두기고라는 이름을 언급하고 있어.

봉수   두들긴다는 뜻이야?

봉희   두들겨가 아니라 두기고야.

봉수   두들겨 달라고. (*봉희에게 접근한다.*) 긁어줄게. 어디야? 여
       기야? 맞아?

봉희   그만해. 장난치지 말고. 그 사람 이름은 두기고였고 바울은
       그를 "사랑하는 형제, 신앙심 깊은 전도자, 하나님의 종"이라
       고 불렀어.

봉수   멋진 사람이었나 보다.

봉희   멋진 사람이었지. 신자들에게 용기를 주었고 바울에게 편지
       를 전해주고 초대기독교교회에 소식 전하는 일을 했어.

       (에베소서 6장:21, 골로새서 4장:7-9)

봉수	멋지다. 나도 성경에 등장하는 인물 중에서 유명하진 않아도 신앙심 깊은 부부를 알고 있어.
봉희	그게 누군데?
봉수	브리스길라와 아굴라! 교회의 진정한 일꾼 부부였지.
봉희	왜 그들이 신앙심이 깊은 거지?
봉수	교회를 위한 일꾼들이었으니까—
봉희	그래서?
봉수	결혼한 부부였어.
봉희	누가 남편이었는지 기억하니?
봉수	아굴라.
봉희	부인은?
봉수	브리스길라.
봉희	그래 맞았어!
봉수	두 사람이 잘 어울려. 길라와 굴라. 운도 잘 맞고 이름이 어울리지?
봉희	그러게.
봉수	브리스길라와 아굴라. 너도 소리 내서 불러봐.
봉희	싫어.
봉수	브리스길라와 아굴라. 어서 해보라니까.
봉희	(*한숨 쉬며*) 알았어. 브리스길라와 아굴라.
봉수	브리스길라와 아굴라 그리고 훈족 아틸라.
봉희	됐다. 됐어.
봉수	브리스길라와 아굴라는 바닐라 고릴라를 먹었다.

봉희	안 먹었어. 직업으로 텐트를 만들고 살았지.
봉수	고린도 시에서 살았고
봉희	바울을 구하려고 죽을뻔했고
봉수	아볼로라는 명석한 성경학자를 훈련시켰고
봉희	고향 집에 교회도 세웠지.
봉수	집안에 교회를 어떻게 세웠어?
봉희	교회 건물이 아니라 믿는 사람들을 가리키는 거야.
봉수	아 그렇구나.
봉희	초대 기독교 시대에는 "교회"는 장소를 의미하는 게 아니라 신자들의 모임을 가리킨 뜻이었어.
봉수	아 이제 알겠다. 그러니 하나님의 눈에 들기 위해 우리가 꼭 영웅이 될 필요는 없는 거지?
봉희	그럴 필요는 없지. 우리는 그저 하나님께 충성하면 되는 거야.
함께	이상입니다.

(무대 불이 꺼지고 두 사람 퇴장한다.)

40

히브리서 11장

근거 히브리서 11장

배경 히브리서는 기독교인들에 대한 핍박이 점점 거세지자 신앙을 포기해야 할 처지에 놓인 일부 신도들을 향하여 쓴 서신으로 구약성경에서부터 이어온 중요한 신앙인의 기록을 두루두루 담고 있다. 히브리서 11장은 이스라엘 역사에 등장한 신앙인들을 기술하여 독자들에게 충성을 지킬 것을 호소하고 있다. 예수가 하나님의 아들로서 구약성경의 선지자들보다도, 천사들보다도, 모세보다도 우위에 있으며, 하나님은 예수를 영원한 제사장으로 선포하신다. 여기 나열된 인물들은 살아있는 동안 하나님의 약속이 이루어지지 않았을지라도 그의 믿음으로 인해 하나님의 인정을 받은 믿음의 용사들이다. (히브리서 11장:39) 신도들은 예수를 통해서 죄와 공포와 죽음에서 해방되고, 대제사장인 예수는 예전에는 유대종교 전통의 동물의 피 흘림의 제사의식을 통해 그림자로 보여준 구원을 이제는 대제사장 예수를 통해 보여주심을 강조한다.

봉수	봉희야, 잘 있었어? 너 뭐하고 있니?
봉희	아, 봉수야, 안녕. 난 지금 믿음이 뭔지 깊이 생각하고 있는 중이야.
봉수	믿음? 그거 쉽지!
봉희	그래? 믿음을 갖는 게 무슨 뜻인데?
봉수	너 눈 좀 감아봐.
봉희	왜? 뭐 하려고?
봉수	괜찮아. 눈 한번 감아봐.
봉희	알았어. (*눈을 감는다.*) 감았어. 뭐하게?
봉수	널 간지럽힐 거야. (*그녀를 간지럽힌다.*)
봉희	(*눈을 뜬다.*) 뭐야! 그만 해.
봉수	다시 해보자. 눈 감아.
봉희	싫어. 그만 둬!
봉수	왜 싫어?
봉희	너 또 간지럽힐 거잖아.
봉수	그래. 그게 바로 믿음이야.
봉희	뭐가 믿음이라는 거야?
봉수	넌 내가 뭐하려는지 알고 그 믿음이 너의 선택을 좌우하고

	살아가는 방법에 변화를 가져오는 거지.
봉희	아아— 네 말이 그럴듯하다. 네가 하는 말을 들으니까 성경에 나오는 믿음의 주인공들이 떠오르는구나.
봉수	그래. 히브리서 11장 말이지!
봉희	처음으로 이름을 올린 믿음의 주인공은 . . . (성경책 페이지를 넘기고 히브리서 11장을 편다.) 아벨이었어. 아벨은 이 땅에 살았던 최초의 신앙인이었어. 그가 하나님을 믿었기 때문에 하나님이 그의 제물을 기쁘게 받으셨지.
봉수	아, 그랬어?
봉희	그의 형은 가인이었는데 믿음이 없었어. 그래서 하나님은 가인한테 받는 제물을 기뻐하지 않으셨지.
봉수	무얼 바쳤는데?
봉희	곡식이었어.
봉수	부엌에서 가져왔대?
봉희	밭에서 가져왔지.
봉수	아벨이 바친 건 뭐였는데?
봉희	양이었어.
봉수	양 우리에서 가져왔구나.
봉희	(한숨 쉬며) 아니야! 봉수야, 어디서 가져왔건 그건 상관없어. 믿음의 첫 영웅이 아벨이란 말이지.
봉수	그 다음은 누군데?
봉희	에녹이야. 일생 동안 하나님 가까이 있었던 믿음의 주인공.
봉수	그의 믿음이 하나님을 기쁘게 했구나.

봉희	그랬지. 그 다음 차례는 노아야. 노아는 거대한 배를 만들어서 그 안에 동물들을 실었거든.
봉수	털 코트 두른 양을 큰 배에 실었다는 거지?
봉희	그래서 노아와 그 가족은 대홍수에 죽지 않고 살아남았어.
봉수	믿음 때문에?
봉희	맞아. 다음은 아브라함.
봉수	아브라함― 그 사람에 대해선 나도 알아.
봉희	알고 있어?
봉수	그럼 알고 있지. 하나님이 그에게 이르시기를, "아브라함아, 네 고향 땅을 떠나거라. 며칠 뒤에 네가 어디로 갈지 알려주마."
봉희	"알겠어요, 하나님. 짐을 싸서 내가 모르는 곳으로, 얼마가 걸릴지 언제 도착할지 모르는 곳으로 떠나라는 말씀이지요."
봉수	"그렇단다, 아브라함아."
봉희	(봉수에게) 봉수야, 너 이 얘기를 아는구나! 그럼 너 아브라함이 하나님께 뭐라고 했는지도 아니?
봉수	알지. 아브라함이 이렇게 대답했어. "내가 바보인 줄 아세요? 난 아무 데도 안갑니다!"
봉희	그렇게 대답하지 않았어! 아브라함은 "언제 떠날까요?" 했지.
봉수	그런 거 보면 아브라함은 바보임이 틀림없어.
봉희	하나님은 항상 말이 안 되는 것 같아도 그가 원하는 그대로 따르고 순종하는 사람을 찾고 계신 거야.
봉수	그러니 아브라함은 하나님한테 바보처럼 미친 거지.

봉희	네 말이 맞아. 아브라함의 아내 사라도 처음엔 남편이 미쳤다고 생각했어. 그렇지만 사라는 하나님을 신뢰하게 되었고 아기도 낳았어. 몸속의 생물학적 배터리가 닳아 없어진 지 20년이나 되었는데도 말이야.
봉수	그건 또 무슨 소리야? 무슨 배터리? 마트에 가면 배터리는 얼마든지 살 수 있는데.
봉희	신경 쓸 것 없어. 네가 나이 먹으면 너의 부모님이 설명해주실 거다.
봉수	아.
봉희	아브라함과 사라는 하나님이 하신 약속을 언젠가 다 이루어주실 것을 믿었기 때문에 말씀대로 순종했지. 히브리서 11장은 아브라함의 후손인 야곱, 요셉, 모세 등을 열거하고 있어.
봉수	그래, 모세. 난 모세가 좋더라. 모세는 찰턴 헤스턴처럼 생겼어.
봉희	너 지금 누구 얘기하고 있니?
봉수	너도 알잖아. 머리 가르마를 가운데로 가른 사람.
봉희	모세는 머리를 가르지 않았어. 홍해바다를 갈랐지.
봉수	어휴. 샴푸깨나 많이 없앴겠다.
봉희	들어봐. 이스라엘 백성은 믿음이 컸어. 여리고 성 주위를 행진했는데—
봉수	(노래로) "허락하신 새 땅에 들어가려면" (봉희를 흔들어대며 노래한다.) "여호수아 본받아 앞으로 가세"
봉희	그리고는 하나님의 영웅들 이름이 주르륵 수록되었지. 그중엔

사자우리에 던져진 영웅도 있고—

봉수 에구머니!

봉희 불구덩이 속으로 던져진 영웅도 있고—

봉수 으 뜨거!

봉희 칼로 공격받은 영웅—

봉수 아구구! 정말 아팠겠다.

봉희 그럼에도 불구하고 이런저런 최악의 상황에서도 이들은 모두 하늘왕국의 소망을 갖고 하나님에 대한 믿음을 놓지 않았던 거야.

봉수 잠깐. 여기 기록된 인물 가운데는 그렇게 대단하지 않은 자들도 있었잖아.

봉희 무슨 뜻이야?

봉수 그게 말이지— (*성경 페이지를 찾으면서*) 노아는 한때 술이 거나하게 취했었잖아. 아브라함은 아내에 대해 거짓말했고, 야곱은 아버지를 속였고, 내가 보기엔 국제 얌체였어. 모세는 애굽 사람을 죽이고 모래 속에 숨겼지만 들통났지. 완전 범죄가 어디 있겠냐? 이스라엘 백성은 걸핏하면 불평을 늘어놓았고. 다윗도 여기 성경에 쓰인 대로 보면, 다른 남자의 아내를 빼앗아 그 남편을 죽게까지 했잖아. 삼손은 날마다 복수에 혈안이 되어 있었고. 이 사람들은 모두 일을 그르친 사람들이잖아!

봉희 네 말이 맞아, 봉수야. 그건 사실이야.

봉수 그렇다면 이 사람들이 어떻게 하나님의 영웅대열에 낀 거야?

봉희	왜냐하면, 결국 하나님이 문제 삼는 것은 하나님에 대한 믿음이 있느냐, 없느냐, 그걸 보신 거니깐.
봉수	(*이 부분을 처음 깨달으면서*) 그러니까 우리들이 하나님과 올바른 관계를 맺는 것은 믿음에 근거한다는 말이지!
봉희	바로 그거지. 우린 모두 실수도 하고 죄를 범하기도 하지만—
봉수	그러나 그럼에도 불구하고 죄를 자복하고, 하나님을 믿으면 용서받고 옳은 관계를 맺을 수 있다, 그거지.
봉희	맞았어. 네가 제대로 이해한 거야. 여기 기록된 인물들처럼 우리도 하늘나라를 바라볼 수 있어.
봉수	멋지다! 나도 하늘나라 가면 찰턴 헤스턴처럼 보일까?
봉희	내가 왜 너의 하찮은 넋두리를 들어야 하는지 모르겠다!
함께	이상입니다.

(*무대 불이 꺼지고 두 사람 퇴장*)

스티븐 제임스(Steven James)

미국 위스콘신 주 출신으로 이스트 테네시 주립대학에서 석사학위 취득(Storytelling 전공) 후 작가로 활동하고 있음. *Opening Moves, Every Crooked Path*를 비롯한 여러 편의 베스트셀러의 추리/심리 소설 이외에, 어린이를 위한 수 없이 많은 성경이야기를 썼음. 아직 반백년이 안 된 나이(1969년생)임에도 그의 나이 수에 가까운 책을 출판하며 적극적인 작가활동을 하고 있음. 현재 테네시 주 스모키 마운틴에서 아내와 세 딸과 함께 살고 있음.

송옥

고려대학교 영문과를 거쳐 미국 센트럴 워싱턴 대학교와 오리건 대학교에서 극문학으로 석사와 박사 학위를 받은 후 고려대학교 사범대학 영어교육과 교수 역임. 한국 현대영미드라마학회장과 고전르네상스영문학회장을 지냈으며, 저서로는 창작시화집 『참새들의 연가』, 『셰익스피어: 독백과 대사』, 『극으로 읽는 고전문학』 등이 있음. 현재 고려대학교 명예교수임.

청소년을 위한 2인극 **성경이야기**

지은이 스티븐 제임스
번 안 송옥

발행일 2016년 12월 10일
발행인 이성모
발행처 도서출판 동인
주 소 서울시 종로구 혜화로3길 5 118호
등 록 제1-1599호
TEL (02) 765-7145 / **FAX** (02) 765-7165
E-mail dongin60@chol.com
ISBN 978-89-5506-740-8
정 가 15,000원

※ 잘못 만들어진 책은 바꾸어 드립니다.